中公文庫

# 168時間の奇跡

新堂冬樹

中央公論新社

# 168時間の奇跡

# 1

三十坪のフロアに、複数の犬の鳴き声が響き渡った。

午前八時……「ワン子の園」の朝食の時間になると、フロアが賑やかになる。

「モモ、おはよ……待て待て、慌てなくてもご飯は逃げないから」

涼也(りょうや)は優しく声をかけながら、百グラムのドッグフードをモモ……トイプードル二歳雌(めす)のサークルの中に置いた。

モモが、ステンレスのボウルに顔を突っ込み勢いよくドッグフードを食べ始めた。

「ほらほら、噎(む)せるからゆっくりね。トップ、朝ご飯だよ」

涼也はモモの横のサークル……柴犬四歳雄(おす)のトップに百三十グラムのドッグフードを与えた。

涼也が右手に持つカゴの中には、ドッグフードの入った大中小のボウルが並べられていた。

「待ちなさい、いい子にしないとあげないわよ～」

涼也と対面の壁際に並ぶサークルの犬達に朝食を与えている沙友里(さゆり)が、飛び出さんばかりの勢いで後ろ足でジャンプする紀州犬五歳雌のミルクにお座りを命じていた。

沙友里はトリマーで、先月に誕生日を迎えて二十五歳になった。

沙友里のほかには、引っ越し業者で二十四歳の健太、テレビ制作会社勤務の三十五歳の達郎、沙友里と同じ店で働くトリマーの後輩で二十二歳の亜美の四人が「ワン子の園」にボランティアできてくれている。

みな、本業を持っているので全員が毎日手伝いにこられるわけではない。なので、月末に次の月のシフトを組んでいる。

理想は四人態勢だったが、今日のように涼也ともう一人の二人で回していくことが多かった。

「ワン子の園」には現在、三十頭の犬がいた。

ペットショップと違い、ここにいるのは保護犬なので成犬が多い。

餌をあげるといっても、小型犬、中型犬、大型犬、または生後一年未満の幼犬、成犬、八歳以上の老犬、持病持ちの犬によってあげる量もドッグフードの種類も違うので、仕込みから配り終わるまで一時間以上かかる。

犬達が朝食を食べている間、トイレシートの交換を行う。

中にはトイレで排泄することを覚えていない犬もいるので、床に粗相をしている場合は除菌スプレーで臭いを消して、ウエットティッシュで拭き取らなければならない。

衛生面以外にも、臭いを残しておけばふたたびそこに排泄する可能性が高くなるからだ。

どんなに糞便を撒き散らしていても、決して怒ってはならない。

人間と違って、犬はなにを怒られているのかわからないからだ。

粗相するたびに怒っていると、排泄自体が悪いことだと思い隠れてやるようになる。

トイレできちんと排泄できたら大袈裟に褒めてあげ、粗相をしたら無言で掃除する。

褒めるのは、排泄した直後だ。

時間が経ってから褒めても、粗相をして怒られたときと同じでなにを褒められているのか理解しないからだ。

犬の躾は褒めるのも叱るのも、その場、その場でやることが肝心だ。

「リキ、ちょっと待ってね。もうすぐ散歩に行くから」

沙友里が、リキ……四歳雄の甲斐犬に語りかけた。

朝食とトイレシートの掃除が終わったら、犬達を散歩に連れて行く時間だ。

健康な犬の場合、身体の大きさと年齢ごとに複数回にわけて散歩する。

たとえば、小型犬グループ、中型犬&大型犬グループ、一歳未満の幼犬グループ、七歳までの成犬グループ、八歳以上の老犬グループといった感じだ。

散歩時間は、幼犬グループ、老犬グループ、小型犬グループは二十分、中型犬&大型犬グループは三十分を目安にしていた。

あくまでも目安で、小型犬でもテリアのように豊富な運動量を必要とする犬種なら中型犬や大型犬と一緒に、逆に体力のない中型犬や大型犬は小型犬に混ぜて散歩させる場合もある。

散歩は、朝食とトイレシートの交換が終わる九時あたりから出かける。

ボランティアがいるときは二人や三人で手分けして行えるが、今日は二人しかいないので涼也か沙友里が一人でやらなければならない。

午前十時からは里親希望の問い合わせや面接があるので、最低一人は施設に残る必要があった。

「おはよう。朝ご飯……」

涼也がボウルを置こうとしたときに、待ちきれずにポメラニアン一歳雄のスカイが飛びかかってきた。

「ノー！　お座り！」

涼也はボウルを持つ手を宙に止め、低く短く命じた。

犬を叱るときには、いくつかのルールがあった。

甲高い声は褒められているか遊んで貰っていると勘違いするので、低い声で叱る。

叱るときは、短く、いつも同じワードを使う。

ノー、ダメ、イケナイなど、その都度違う言葉を使うと犬が混乱してしまう。

また、そんなことしたらだめじゃないか、などの長い言葉も犬には理解できない。

同じワードを繰り返し使うことで、条件反射でやめさせたい行為を覚えさせるのだ。

あまり知られていないことだが注意すべき点で、叱るときに名前を呼ばない、というものがある。

たいていの飼い主は、名前を呼んでから叱ることが多い。

しかし、犬からすれば名前を呼ばれるイコール叱られる、というネガティヴイメージが刷り込まれ、名前を呼んでも逃げてしまうようになり兼ねない。

涼也達の使命は、一日でも早く犬達に我が子のように愛情を持って接してくれる里親を見つけることだ。

そのためには、最低限の躾は必要だった。

排泄をそこら中にする、言うことを聞かずに暴れ回る、名前を呼んでも無視する……これでは、里親希望者も手を挙げない。

もともとがペットショップのように売りやすい三ヵ月未満の子犬と違い、体が大きくなった子犬や成犬が多いというハンデがある保護犬なので、譲渡の妨げになる可能性のある要素は極力消しておきたかった。

「いい子だね～」

スカイがお座りしたタイミングを逃さず、涼也は素早く朝食を与えた。

勢いよくボウルに顔を突っ込むスカイは、三日前に動物愛護相談センターから引き取ってきたばかりだ。

一ヵ月ほど前に、スカイは二十代の女性が動物愛護相談センターに連れてきたという。

理由は、結婚を控えており婚約者が大の犬嫌い、というものだった。

職員は考え直すように説得を試みたが、婚約者が虐待する恐れがあるという話を聞いてやむなく引き取ることにした。

現在の動物愛護相談センターは、昔と違い収容されて一週間で里親が見つからなければ殺処分される、ということはない。

地域によって多少の差はあるが、少なくとも殺処分ゼロを掲げている東京都では、半年以上飼育している犬猫も多い。

職員も、犬猫の命を大事に思う気持ちは涼也達と同じだ。

だが、殺処分にならなくても日が経つごとに犬猫は年を取り、里親希望者は少なくなる。

涼也は、できるだけ余命が長いうちに新しい犬生を送らせてあげたかった。

飼い主がペットを動物愛護相談センターに持ち込むのには、様々なケースがある。

重篤(じゅうとく)な病気を患(わずら)い、または大怪我をして世話ができなくなったから、震災で家が倒壊したから、急な海外転勤が決まったから、予想と違い大きくなり過ぎたから、躾に失敗し手に負えなくなったから、妊娠したから、結婚した相手が動物アレルギーだから、飽きたから……様々な理由で、全国の動物愛護相談センターが引き取る犬猫の数は年間十万頭以上に上る。

飼い主から持ち込まれるケースもあれば、捨てられていた犬猫や被災地で野犬化した犬及び野良猫を保護するケースもある。

飼い主がペットを動物愛護相談センターに持ち込む理由の中で、涼也が仕方ないと思うのは、ペットの飼育ができないほどの大病や怪我、飼い主の死、そして震災くらいなものだ。

急な海外転勤にしても、その気になれば連れて行ける。

自分の子供なら、施設に引き取って貰う選択などしないだろう。

犬猫を飼うということは、おもちゃやアクセサリーを買うのとは違う。

命ある生き物を家族として迎え入れるのだ。

ペットを飼う、という感覚ではなくパートナーと人生を共にする、という意識でなければ資格がない。

手に負えなくなったとか飽きたから、などの理由は論外だ。

ガス室送りという残酷な保健所のイメージは昔の話であり、東京都の動物愛護相談センターで犬は二〇一五年度の十頭を最後に、二〇一六年度から一九年度まで四年連続で、猫は二〇一七年度の十六頭を最後に、二〇一八年度、二〇一九年度と二年連続で殺処分ゼロを達成した。

もともと怪我や病気で衰弱していた場合の引き取り後、または収容後に死亡した数は殺処分には入っていない。

殺処分ゼロを達成できた大きな理由としては、センターが引き取る犬猫の数自体が大幅に減少したことが挙げられる。

もちろん、自然にそうなったのではない。

飼い主向けの、飼育マニュアルと心構えなどが書かれたパンフレットや飼育意識を高める啓発用のＤＶＤの製作、小学生を対象とした動物教室の開催、動物愛護週間の実施、地域の野良猫対策……動物愛護相談センターの上部組織の福祉保健局健康安全部環境保健衛生課では、終生飼育を徹底するために飼い主に向けた様々な啓発活動を積極的に行っていた。

そのほか、東京都動物愛護相談センターがウェブサイト上で二〇一七年に開設した「ワンニャンとうきょう」では、保護犬、保護猫を引き取り飼育しながら里親を探すボランティア団体の犬猫情報を掲載している。

それぞれのボランティア団体が開催する犬猫の譲渡会の日程と場所、参加団体の連絡先などが、里親希望者が探しやすいように一ページにまとめられている。

しかし、それはあくまでも東京都にかぎっての話だ。

全国に眼を向ければ、殺処分廃止が行き届いていない地域がまだまだある。

現に、二〇一八年度には犬が七千六百八十七頭、猫が三万七百五十七頭、合計三万八千四百四十四頭が殺処分されているのだ。

涼也の願いは、一日でも早く全国で犬猫の殺処分がゼロになることだった。

口で言うほど簡単なことではないが、十年前までは約三十万頭の犬猫が殺処分されていた事実を思えば、数年後には不可能ではない。

希望を失わず、自分にできる活動を一つ一つやることの積み重ねが、いつか実を結ぶと涼也は信じていた。

「はい、『ワン子の園』です。あ、おはようございます！　はい、はい……あ、そうですか。いま、所長に訊いてみますので、少々お待ちください。所長！」

沙友里がコードレスホンの送話口を掌で押さえ、涼也を呼んだ。

「どうしたの？」

トイレシートの交換をしながら、涼也は訊ねた。

朝食が終われば、散歩の前後にほとんどの犬は排泄タイムとなる。

すべてのシート交換が終わるのは九時半過ぎだ。

十時からは里親希望者の面接時間となるので、一息吐く間もなかった。

「ジェットの里親希望の村西さん夫妻ですが、仕事の都合で十一時の面接予定を一時間早くできないかとの問い合わせですけど、どうしましょう？」

沙友里が、伺いを立ててきた。

ジェットはビーグルの雄二歳だ。

「ワン子の園」でジェットを引き取ったのは、二ヵ月前だった。

村西夫妻は、サイトにUPしたばかりのジェットのプロフィールを見て問い合わせてきたのだ。

「ワン子の園」では、引き取った犬が環境に慣れるとホームページに掲載していた。

同時に、加盟している動物愛護相談センターの「ワンニャンとうきょう」にも「ワン子の園」の保護犬情報を載せているので、そちら経由からも問い合わせが入るようになっていた。

「十時は、ほかに誰か入っていたっけ？」

「いえ。今日は十一時の村西夫妻が最初です」

「じゃあ、いいよ」

涼也は言うと、ジェットのサークルに向かった。

施設内に響き渡る声で吠えながら、ジェットが二本足で立ち上がり涼也を出迎えた。

ビーグルはウサギ狩りの猟犬や使役犬として作られた嗅覚ハウンドなので、険しい森や平原で主人に獲物の存在を教えるために吠え声が大きいことで有名な犬種だ。

ビーグルという名前は、中世フランスの「通る鳴き声」という言葉が由来になっているほどだ。

「お前を家族にしたいって人が会いにくるから、おめかししないとな」

涼也はジェットに語りかけつつサークルの扉を開けて中に入ると、口の周りについたドッグフードの滓をウエットティッシュで拭った。

シャンプーは昨日しているので、ジェットの身体からはいい匂いが漂っていた。

「ジェット、決まるといいでちゅね～」

電話を終えた沙友里が、童顔を綻ばせ赤ちゃん言葉で語りかけた。

いつもスッピンの沙友里は瑞々しく透き通る肌をしており、里親希望者や動物愛護相談センターの職員から高校生に間違われることも珍しくなかった。

タレ目が印象的な、愛嬌のあるマルチーズ系の顔立ちをしていた。

因みに涼也は犬でたとえれば、レトリーバー系の顔とよく言われる。

「じゃあ、私、いまのうちに散歩に行ってきますね」

沙友里は、小型犬用のリードを四本手にしていた。

「今日、三時までだったよね？」

涼也は、ジェットの目やにを拭き取りながら訊ねた。

「代官山に四時五十分までに到着できればいいので、四時でも大丈夫ですよ」

沙友里は今日、本業のトリマーとして働いている代官山のペットショップの遅番だ。

「いや、三時に達郎が入っているから平気だよ。ありがとう」

沙友里と入れ替わる時間に、達郎がシフトに入っていた。

「一人でも人手があったほうがいいでしょうから、大変なときは遠慮しないで言ってくださいね」

「ありがとう。沙友里ちゃんには、遠慮しないで無理をお願いしてばかりだから、ずいぶんと助かっているよ。少しは自重しないとね」

涼也は苦笑いした。

お世辞ではなく、事実だった。

沙友里には、「ワン子の園」のためにかなりシフトに融通を利かせて貰っている。

彼女が勤務するペットショップは自由が利きやすいのは事実だが、それでも出勤時間が少なくなれば収入も減る。

「ワン子の園」は愛犬家コミュニティの寄付で成り立っているので、賃金を支払う余裕はない。

施設を始めるときに、常時三十頭の犬は保護すると決めていた。

涼也一人で日本中の飼い主のいない犬を引き取ることはできないが、一頭でも多く保護すれば殺処分される数がそれだけ減るのは事実だ。

だから涼也は、里親が決まりサークルが空くとすぐに動物愛護相談センターから新たな保護犬を引き取っていた。

多少の違いはあっても、餌代や冷暖房の光熱費、ワクチン等の医療費などの支出が減ることはない。

ありがたいことに、首輪、ハーネス、リード、衣服、サークルやクレートの類は、愛犬家の人がサイズが合わなくなったものなどのお下がりをたくさん送ってくれるので実費はかからない。

やはり、一番の出費は家賃だ。

「ワン子の園」は、涼也の知り合いが中野駅の南口で倉庫として建てた五階建て雑居ビルの一階を施設として使用していた。

家賃は毎月三十万かかるが、これでもお友達価格でディスカウントして貰っており、まともに借りれば四十万近くする。

毎月の出費は寄付だけでは賄えず、前職で蓄えた貯金を切り崩している状態が施設を始めてからの五年間続いていた。

救いは、十年間勤務していた前職の年収が一千万を超えていたのでかなりの蓄えがあったことだ。

「私も好きでやっていることなので、あまり気を遣わないでください。所長だって、同じですよね？　あ、そう言えば、所長って以前はどんな仕事をしていたんですか？　ってういか、いまも、なにかやっているんですか？　二年近く一緒にいるのに聞いたことなかったので、ずっと気になっていたんです」

沙友里が、興味津々の表情で訊ねてきた。

「どうして気になるの？」

わかっていたが、沙友里にどう説明するかを考える時間が必要だった。

「だって、利益を得る仕事じゃないから、お金が出て行く一方じゃないですか？　私達ボランティアは無償の奉仕で済みますが、所長は維持費や飼育費が毎月かかるでしょう？　もしかして、作家さんか作曲家さんで印税収入があるとか？」

沙友里が、パグのラッキーにハーネスをつけながら質問を重ねた。

「まさか」

苦笑いで受け流し、涼也はジェットをブラッシングした。

「じゃあ、ビルやマンションのオーナーさんで莫大な家賃収入があるとか？」

質問を続ける沙友里が、次にシーズーのヒナとトイプードルのモモにハーネスをつけた。

「以前に、そこそこ給料のいい会社に勤めていたんだ。趣味もないような男だったから、自然に貯金ができただけだよ」

涼也は、曖昧に核心をぼかした。

嘘ではなかったが、真実とも違う。

「そうなんですね。でも、所長は本当に凄いです。私財をなげうって保護犬の殺処分を一頭でも減らそうと、二十四時間三百六十五日身を粉にして働くなんて、私には真似できません。それに、中途半端になりたくないからって、親戚に出資して『ニャン子の里』で保護猫の里親探しの活動もしてるし……なんかもう、犬猫からしたら所長は救世主ですよ！」

沙友里が、尊敬の色を宿した瞳で涼也をみつめた。

正確に言えば親戚ではないが、婚約者の華の姉に出資して保護猫の里親ボランティア活動をしているのは事実だった。

因みに華は、Z県の動物愛護相談センターの職員だった。

去年まで華は東京都のセンターに配属されており、保護犬の引き取りで涼也が何度か足を運んでいるうちに親しくなり、交際に発展したのだ。

「そんなたいしたものじゃないよ。これ一本に専念している僕より、本業と並行しながら手伝ってくれる君達のほうが大変だよ」

「それは絶対にありません。手伝いだからできるんです。とにかく、私達は所長をリスペクトしていますし、全力でお手伝いさせて頂きますので、手が足りないときはいつでも呼んでください！」

沙友里の尊敬の眼差しが、心苦しかった。

涼也は、蘇(よみがえ)りそうになる暗鬱(あんうつ)な記憶の扉を閉めた。

「じゃあ、行ってきます！」

沙友里が潑溂(はつらつ)と言い残し、四匹の小型犬を連れて外へ出た。

「男前が上がったな」

涼也はジェットのブラッシングを終えてサークルの扉を閉めると、村西夫妻のプロフィールデータをチェックするためにデスクに向かった。

里親希望者であれば、誰でも無条件に保護犬を引き取れるわけではない。

一人暮らしで長時間家を空けなければならない、高齢であったり日常生活に差し障る持病がある、同居者に動物アレルギーがいる、経済的に困窮している、動物愛護相談センターの講習会を受講していない、犬猫を含む先住の動物を飼育している、ペット飼育が認められている住居ではない、保護犬の受け入れを同居者が反対している……などなど、動物愛護相談センターが登録ボランティア団体に出している里親として不適切と判断する九つの条件をクリアしているかどうかを面接で見極めなければならない。

それもこれも、保護犬がふたたび飼い主から捨てられ心に傷を残さないようにするためだ。

涼也がデスクに座ろうとしたとき、トイレシートの上でクルクル回るコール……雄六歳のラブラドールレトリーバーの姿が視界の隅に入った。

「相変わらず、キレのある回転だね」

涼也は笑いながら、駒のように回るコールをみつめた。

回転するのは、排泄のときのコールの癖だ。

コールに、黒いラブラドールレトリーバーの子犬の姿が重なった。

閉じたはずの記憶の扉が、ゆっくりと開いた。


――た、頼みます。来月になれば施工代金が入ってくるので、それまでお待ちくださいませんか？

橋本が、悲痛な顔で訴えた。

――先月も、先々月も……二ヵ月間、同じ言い訳を聞いてますが、一向にお金が入りません。

涼也は、抑揚のない口調で言った。

待ってあげたいという気持ちがないと言えば嘘になるが、仏心は命取りになる。

六年前……涼也が店長を任されていた「ヘルプ&サポート」は中小企業を対象とした商工ローンで、いわゆる街金融だった。

零細企業は銀行から思うような融資を受けられず、利息が高くなっても商工ローンを利用する場合が多い。

もう一つの特徴は、銀行は数千万から億を超える貸付も珍しくないが、商工ローンは数百万単位の無担保小口融資がメインだ。

「橋本工務店」には、運転資金として八百万を融資していた。

最初の半年こそ順調に返済されていたが、大手のハウスメーカーの参入で受注が大幅に減った煽りを受けて売り上げが半減し、徐々に滞るようになった。

銀行のように担保を押さえているわけではないので、取り立ては厳しく速やかに行わなければ不良債権になってしまうのだ。

——今度こそ、本当です！　信じてくださいっ。お願いします！　この通りです！

橋本が涼也の足元に跪き、白髪頭を床に押しつけた。

――橋本さん、顔をあげてください。

――ありがとうございます。必ず返済……。

――勘違いしないでください。そんなことをしても期限は来月に延ばせないとお伝えしようとしただけです。三日だけお待ちします。三日後の正午に会社兼ご自宅に伺いますので、よろしくお願い致します。

涼也は、一切の感情が籠らない声で言った。

橋本には、「ヘルプ&サポート」以外にも三件の街金融から借り入れがあった。

多重債務者に情けをかけて期日を延期しても、別の債権者が取り立てていくだけの話だ。

――三日なんて……無理です。

――ご返済頂けない場合、連帯保証人に代理弁済をして頂くことになります。

涼也の言葉に、橋本の顔から血の気が失せた。

「橋本工務店」の借り入れの連帯保証人には、居酒屋を経営する橋本の友人がなっていた。

――それだけは、勘弁してくださいっ。善意で契約書にサインしてくれたのに、彼に顔向けできなくなります！

血相を変え、橋本が訴えた。

橋本にとって、自分を信じて契約書にサインしてくれた連帯保証人に迷惑をかけるのがなにより避けたいことに違いなかった。

債務者が一番嫌がり困ることをやるのは、回収の鉄則だった。

友人が取り立てられないように、橋本は是が非でも三日間で滞っている金を用意するはずだ。

――債務者が支払い不能に陥った場合、連帯保証人に弁済義務が生じます。署名捺印して頂く際に、きちんとご説明もしています。

涼也は、淡々と告げた。

用意できないときは、橋本に宣言したように連帯保証人に肩代わりをさせることになる。

——だから、払わないとは言ってないじゃないですか⁉　来月まで、待ってほしいと言っているだけ……。

——では、三日後に伺います。ご返済のほう、よろしくお願い致します。

涼也は橋本を遮り一方的に言い残すと、「橋本工務店」をあとにした。

個人の気持ちで言えば、来月まで待ってあげたかった。

だが、そうしても橋本が返済できないだろうことはわかっていた。

涼也が待っている間に、橋本は厳しく取り立ててくるほかの金融会社に有り金すべてを持って行かれるだろうことは火を見るよりも明らかだった。

多重債務者から貸金を回収するのは、残り少ない肉しか残っていない屍に群がるハイエナの争いと似ていた。

もたもたしていたら、肉はおろか骨さえ残っていない。

支店長を任されている立場として、貸し倒れだけは絶対に避けなければならない。

——支店長っ！　大変です！　きてください！

三日後――部下の男性社員とともに「橋本工務店」を訪れた涼也は、ガラス扉に貼られた紙を見て絶句した。

一身上の都合で閉業とさせて頂きます

無意識に、ガラス扉に手をかけた。

カギは開いていた。

店内にはスチールデスクや書庫の類しか残っておらず、金目のパソコンや業務用コピー機などは跡形もなく消えていた。


――夜逃げですかね……？


部下の問いかけには答えず、涼也は階段を駆け上がった。

「橋本工務店」は戸建ての一階がオフィスで、二階が橋本と妻の自宅になっていた。

茶の間は蛻（もぬけ）の殻（から）だった。

――飛ばれちゃいましたね。どうします……。


部下の声に、なにかの声が重なったような気がした。

涼也は茶の間を飛び出した。

声はしなかった。

気のせいだったのか？


――なんか、聞こえましたよね？


部下の言葉で、空耳でないことがわかった。

廊下を奥に進んだ。

突き当りのドアを開けた。

異臭と刺激臭が鼻孔に忍び込んできた。

寝室……敷きっぱなしの布団で横になった黒い子犬が、か細い鼻声で弱々しく鳴いていた。

そこここに、糞尿が撒き散らされていた。

餌と水が入っていたのだろう、空のボウルは引っ繰り返っていた。

——水を持ってきてくれ。

涼也はボウルを部下に渡し、子犬の傍らに屈んだ。

——大丈夫か？

声をかけながら、涼也は子犬の頭を優しく撫でた。

脇腹には痛々しいほど肋骨が浮き出ており、栄養失調であろうことは一目でわかった。

橋本夫妻が夜逃げしてからの三日間、寝室に閉じ込められ餌も水も飲めずに衰弱したのだろう。

——持ってきました！

部下から受け取った水の入ったボウルを涼也は、子犬の鼻先に置いた。

子犬は鼻をヒクヒクとさせていたが、顔を上げる力も残ってないようだった。

——頑張って飲まないと、死んじゃうぞ。

涼也は励ますように言いながら、水に浸した指先を子犬の口元に近づけた。

小さな鼻をヒクヒクさせた後に、子犬が舌を出し涼也の指先を舐めた。

——いいぞ、その調子だ。今度は、もうちょっと頑張ってみようか。

涼也は子犬を抱きかかえ、掌に掬った水を口元に持っていった。

まるで灌木(かんぼく)を抱いているように、子犬の身体は軽くゴツゴツしていた。

子犬が、ゆっくりと舌を出し水を飲み始めた。

——支店長が犬好きだったなんて、意外です。

——別に、そういうわけじゃ……。

突然、子犬が白目を剝き痙攣(けいれん)を始めた。

子犬は四肢を突っ張り、食い縛った歯から舌を出して硬直させた身体を震わせていた。

——おい、どうした⁉　しっかりしろ！　車を回せっ。動物病院に連れて行くぞ！

——橋本は、どうするんですか？

記憶の中の怪訝(けげん)そうな部下の声に、力強い犬の吠え声が重なった。

二本足で立ち上がったコールがサークルに前足をかけながら、遊んでほしくて要求吠えをしていた。

「ごめんな。これからお客さんがくるから、いまは相手をしてあげられないんだ。沙友里ちゃんが、もうすぐ戻ってくるから。そしたら散歩に行けるから、少しの我慢だよ」

涼也は微笑みかけ、コールの頭を撫でた。

デスクに腰を下ろした涼也は、ノートパソコンが立ち上がるのを待った。

中古で買ったものなので、起動するのに時間がかかった。

調子が悪いときは、五分近くかかってしまう。

涼也はデスクチェアに背を預け、視線を横に移した。

フォトスタンドのフレイムの中——眼を閉じ横たわる黒いラブラドールレトリーバーの子犬を涼也はみつめた。

肋骨の目立つ脇腹が痛々しかった。

写真の子犬が横たわっているのは、動物病院の診察台だった。

眼を閉じ、震える息を吐き出した。

あれから六年……いまでも、脳裏に焼きついて離れなかった。

あのときの胸の痛みを、忘れてはならない……胸に刻まれた痛みが、ほんの少しでも薄れてはならない。


――残念ですが……極度の栄養失調により、低血糖発作を起こしたことが原因だと考えられます。つまり、餓死です。

獣医師の言葉が、涼也の胸に突き刺さった。

――ひどい飼い主さんですね。三ヵ月の子犬を部屋に閉じ込めたまま、どこかに出かけるなんて……痛ましい話です。


非難されているのは、飼い主である橋本夫妻だった。

子犬を置き去りにして餓死させたのだから、獣医師が憤るのも無理はない。

だが、涼也にはわかっていた。

子犬を殺したのは、橋本夫妻ではないということを……。

――八百万程度の焦げ付きなら、気にしなくてもいい。そんなことでいちいち進退問題になったら、全国の支店長がいなくなってしまう。さあ、こんなものしまってくれ。

「ヘルプ&サポート」の本部長が、涼也に辞表を差し戻した。

――「橋本工務店」への貸し倒れが理由で辞表を出したわけではありません。

――だったら、なぜだ？ 君が支店長を務める渋谷支店の業績は、常にトップ争いをしている。給料だって、一般サラリーマンの二十九歳では貰えないような額だろう？ いったい、なにが不満だと言うんだ？

――不満はないです。申し訳ありません。

涼也は、差し戻された辞表をふたたびデスクに置くと深く頭を下げ、本部長室をあとにした。

理由などなかった。

あるのは、自分への絶望と子犬への贖罪(しょくざい)……。

涼也は胸元に手をやった——小さな遺骨の入ったペンダントロケットを握り締め、眼を開けた。

「罪滅ぼしになるとは、思ってないよ」

涼也は、フォトスタンドの中の子犬に語りかけた。

「ただ、一頭でも多く……」

言葉の続きを、涼也は胸に刻み込んだ。

## 2

「ジェットちゃん、会いにきまちたよ〜」

サークルに入った村西紀香は腰を屈め、相好を崩してジェットを抱き締めると頭を撫でた。

ジェットは尾を左右にパタパタと振りながら、紀香の頬を舐めた。

夫の翔太は紀香の傍らに立ち、仕事のやり取りなのかスマートフォンの操作をしていた。

二グループ目の散歩から戻ってきていた沙友里が、三グループ目の犬達にリードをつけながら、さりげなく様子を窺っていた。

里親希望者がウェブサイトで見た保護犬のイメージと実物が違うと、すぐに帰ってしまうことも珍しくなかった。

「ワン子の園」のボランティアスタッフはみな、ファーストリアクションを固唾(かたず)を呑んで見守っている。

尤も、そのことで涼也が気落ちすることはなかった。

そんな里親希望者が保護犬を連れ帰っても、動物愛護相談センターにふたたび持ち込まれるのが関の山だ。

むしろ、引き渡す前にわかって不幸中の幸いだ。

「ジェットちゃんは、お利口さんの顔をしてましゅね～。ママのところにきたいでしゅか～」

紀香は、赤ちゃん言葉でジェットに語りかけた。

相変わらず、翔太は難しい顔でスマートフォンを操作していた。

「あまり、似てませんね」

不意に、振り返った紀香がサークルの外に立つ涼也に話しかけた。

「え？　なにがですか？」

質問の意味がわからず、涼也は訊ね返した。

「私、小さな頃からスヌーピーが大好きなんです」

無邪気に破顔する紀香を見て、涼也は質問の意図を察した。

「あ、そういう意味ですね。たしかにスヌーピーのモデルはビーグルですが、キャラクターはかなりデフォルメされていますからね。あの不朽の名作アニメ『フランダースの犬』のパトラッシュのモデルは、ブービエデフランダースという犬種ですが、見た感じはまったくの別犬ですから」

涼也は、笑いながら言った。

「あ、その犬、私も見たことあります。ブービエデなんとかって、モップみたいにモシャモシャしててパトラッシュに全然似てませんでした。ねえ、どう思う？」

紀香が、涼也から翔太に視線を移した。

「ん？　どれどれ」

翔太がようやくスマートフォンから視線を離し、ジェットの前に屈んだ。

「かわいそうにな～。こんなに大きくなっちゃったら、なかなか貰い手がいないだろう」

翔太が、ジェットの首筋を撫でつつ話しかけた。

「もう二歳だから。みんな、できればパピーがいいでしょう」

紀香が、さらりと言った。

「じゃあ、ほかの犬も見る？」

「ううん、ビーグルが飼いたいって言ったでしょ。ビーグルは、この子だけですよね？」

紀香が、涼也に訊ねてきた。

「ええ。ジェットだけです。相性が、イマイチですか？」

涼也は探りを入れた。

「いえ、そういう意味じゃありません。ただ、ほかに小さな子がいるなら慣れてくれやすいかな、と思って。成犬は慣れ難いっていうじゃないですか」

悪びれたふうもなく言うと、紀香が微笑んだ。

「たしかに、そういうイメージが一般的ですけど、愛情を持って接すれば、老犬であっても信頼関係は築けますよ。それにウチはペットショップではないので、基本は成犬のほうが多いんです」

涼也は、穏やかな口調で言った。

「そうだよ、お前、なに言ってるの？　そもそも、ビーグルで生後二ヵ月とか三ヵ月なら保護犬になるわけないだろう？　ペットショップに数十万で売られてるよ」

ふたたびスマートフォンのディスプレイに視線を落としつつ、翔太が紀香を諭した。

翔太の言うことは至極真っ当なものだったが、涼也にはなにかが引っかかった。

その違和感は、妻の紀香にも感じていた。

「あの……」

「いくつかお話を伺いたいことがありますので、こちらへお願いできますか？」

涼也は口を開きかけた沙友里を目顔で制し、村西夫妻を壁際の応接ソファに促した。

「ジェットちゃんに決めました」

ソファに座るなり、紀香が口を開いた。

「おいおい、いいのか？　そんな簡単に決めちゃって？」

翔太が、訝(いぶか)しげな顔で妻を見た。

「だって、ビーグルはこの子しかいないんだから」

あっけらかんとした口調で、紀香が答えた。

「お話し中、すみません。ジェットを気に入って頂いて大変嬉しいのですが、いますぐ決定というわけにはいかないのです」

涼也は、穏やかな口調で切り出した。

「あ、里親募集のサイトの注意事項を読みましたから、知ってます。心変わりをしないか、面接を二回するんでしたよね？」

紀香が、得意げに言った。

「はい。でも、それだけではありません。この子達が生涯、安心して暮らせる環境かどうかを調査する目的もあります」

「ウチは大丈夫ですよ！　子供もいませんし、私は専業主婦ですからペットに時間を割ける環境ですからね！　そうよね？」

胸を張る紀香が、夫に同意を求めた。

「ああ、そうだね。ご安心ください。我が家は、ジェット専用に六畳の部屋も用意してますし、最高に幸せな環境で過ごせますよ」

翔太が、自信満々の表情で言った。

「ありがとうございます。ですが、一度人間との信頼関係を失っている保護犬を受け入れるということは物質面の充実だけでは十分ではありませんので、いくつか質問させてください」

「つまり、僕達が里親として合格か不合格かをテストするということですね？」

それまで手にしていたスマートフォンをテーブルに置いた翔太が、笑顔で訊ねてきた。

スマートフォンのディスプレイには、相場のグラフのようなものが映っていた。

さっきから夫は、株か為替の推移を気にしていたようだ。

「大変申し上げにくいのですが、そういうことになります。この子達には、もう二度と傷ついてほしくないんです。どうか、ご理解ください」

涼也は、頭を下げた。

「全然平気ですよ。僕達は昔から犬好きで、我が子のように考えていますから」

翔太が、流暢な口調で言った。

「では、まず、お訊ねしたいのは、どうして犬を飼いたいと思ったんですか？」

涼也は、基本的な質問から入った。

基本的だからこそ、犬にたいしてどう向き合っているのか見えてくるものがあるのだ。

「先ほども言いましたが、僕達夫婦には子供がいません。妻も三十五になりますし、もう、シャカリキになって子作りに執着するよりは、犬を子供代わりに育てようと二人で話し合ったんです」

翔太の口調は、相変わらず淀みがなかった。

「なぜ、ジェットを選んでくださったんですか？」

「それは、妻がビーグルを飼いたいとずっと言い続けてきたもので。本人も言ってましたが、大のスヌーピーファンなんです」

翔太が、紀香に笑顔を向けた。

「リアルスヌーピーを飼うのが、夢だったんです！」

紀香が、瞳を輝かせて言った。

沙友里は第三グループの犬達にとっくにリードをつけ終わっていたが、まだ散歩に出かけておらず、険しい表情で紀香を見ていた。

「保護犬を引き取りたいと思った理由を、教えて頂けますか？」

「私は、ペットショップに行くつもりだったんですが、主人が里親募集のサイトをみつけてきたので」

「ご主人は、なぜペットショップではなく保護犬を引き取ろうとしたんでしょうか？」

涼也は、翔太に視線を移した。

「里親になればあなた達みたいなボランティア団体の人も助かるだろうし、ペットショップで買えば安くても十万以上はする犬をただ同然で貰えるわけだし、一石二鳥というやつですよ」

翔太が、屈託なく笑った。

沙友里の息を吸い込む音が聞こえた。

「もちろん、一頭でも多くの子達の里親をみつけるのが私達の使命です。でも、それは幸せな余命を送ることのできる環境でなければなりません」

涼也は、言葉を選びながらも核心に踏み込んだ。

「僕達のところにきたら、ジェットは幸せになれないと言いたいんですか？」

翔太の口元にそれまで湛えられていた笑みが消え、憮然とした表情になった。

はるばる足を運んでくれた里親希望者の気を悪くさせるのは本意ではないが、これも保護犬達を守るためだ。

「失礼ながら、いまのお二方はまだ里親として相応しいとは思えません」

涼也は、きっぱりと言った。

「僕の話を聞いてなかったんですか？　ジェットを迎え入れるために六畳の部屋も用意していますし、妻は専業主婦で家にいて世話もできますし、株を動かしていますので一般のサラリーマンより収入も多いです。ここまで条件が揃っていて、どこが相応しくないんですか？」

「犬を飼うだけの収入と広いスペースがあるのはもちろん重要です。ですが、それだけではこの子達が幸せな犬生を送れるとは言えません」

「ちょっと、さっきから失礼じゃないですか？　私達がこの子を虐待するとでも言いたいんですか⁉」

眉間に険を刻み、紀香が詰め寄ってきた。

「虐待とか、そんなふうには思っていません」

涼也は、即座に否定した。

「犬好きで経済的にも問題なくて受け入れ態勢も整っているのに、私達夫婦のどこが相応しくないのか理由をはっきり言ってくださいよっ」

紀香が、次第にヒートアップしてきた。

「奥様は、ジェットを選んだ理由として幼い頃からスヌーピーが大好きで、モデルとなった犬種を飼うのが夢だとおっしゃってました」

「そうですけど、どこがいけないんですか⁉」

「犬はぬいぐるみやアクセサリーじゃありません。失礼ながら、お二人の会話を聞いていると、迎え入れるのがジェットでなくてもいいふうに感じますし、ご主人はお金がかからないから保護犬を飼うことにしたとも」

「誰がぬいぐるみやアクセサリー……」

「僕は、正直に言っただけですよ。高いお金を出さなくても実費を払えば貰えるから、保護犬を選ぶ……みな、口に出さなくても目的は同じでしょう。じゃなければ、わざわざ飼いづらい成犬を引き取ろうとする物好きはいませんよ」

紀香を遮り、翔太が断言した。

「それは偏見です。保護犬の里親希望者は、ご主人と同じ考えの方ばかりではありません。心身ともに傷ついた犬達に、幸せな余生を送ってほしくて……純粋に、損得感情抜きに不憫な環境にいる保護犬を迎え入れる人は大勢います」

涼也は、翔太の瞳をみつめた。

「そんなの、映画やドラマの中だけの美談ですよ」

翔太が鼻を鳴らした。

「そう思う人がいることは、否定しません。昔の僕なら、ご主人と同じように信じなかったかもしれません。でも……」

涼也は言葉を切り、眼を閉じた。

異臭が漂う寝室、敷きっ放しの布団、ひっくり返った空のボウル、布団の上で横たわる痩せ細った黒いラブラドールレトリーバーの子犬……瞼の裏に浮かぶ光景は、涼也に教えてくれた。

自分を閉じ込めて見捨てたような飼い主であっても、犬は信じて帰りをじっと待ち続ける。

あのときの子犬が、涼也に教えてくれた。

無償の愛というものが存在するということを。

「いまは違います。映画やドラマの世界でなくても、保護犬に手を差し延べてくれる方が大勢いることを知っています」

「僕達だって、この子に手を差し延べているじゃないですか」

翔太が、不服そうに言った。

「では、お訊ねしますが、ペットショップに無料の子犬がいたとしたら、保護犬とどっちを選びますか？」

涼也は、翔太と紀香を交互に見た。

「子犬に決まってますよ。そんなの、考えるまでもないでしょう」

「私も子犬です」

翔太に続いて、紀香も子犬を選んだ。

「十人中九人はそう答えると思いますし、それが悪いことだとは思いません。もう一つ、お訊ねします。ジェットと会ったいまでも、その子犬を選びますか？」

「同じですよ。だって、二十万とか三十万で売られている子犬が無料なんですよ？　長生きだってするし」

翔太が両手を広げ、肩を竦(すく)めた。

「奥様はどうですか？」

涼也は、紀香に視線を移した。

「答えたくありません。どうせ、子犬を選んだら私達を悪人みたい責めるんでしょう⁉」

紀香が、反抗的な眼で涼也を見据えた。

「いえ。先ほども言いましたが、九十パーセント……いいえ、それ以上の確率でほかの人達も子犬を選ぶことでしょう。それが大多数で、なにも悪いことではありません。でも、僕達の使命は、残り一割にも満たない少数派……保護犬だからこそ愛情を持って迎え入れたい、という人のもとにこの子達を送り出してあげることなんです」

涼也は、二人の心に伝わるように言葉に想いを乗せた。

「あんた、さっきからおとなしく聞いていればなんなんだ⁉　こっちは、行き場のなくなった犬を貰ってやろうとわざわざ足を運んでやってるのに、その言い草はないだろう⁉」

翔太が、憤然として食ってかかってきた。

「もう、いいわよ。早くこんなところ出て、ペットショップに行こう」

紀香が翔太を促し、勢いよく席を立った。

舌打ちを残し、翔太が紀香のあとに続いた。

涼也は出口に向かう二人の背中に向かって、深く頭を下げた。

「感じ悪い人達ですね！」

村西夫妻がフロアから出て行くと、沙友里が四匹の犬達のリードを手に駆け寄ってきた。

「なんだ、まだ散歩に出てなかったの？」

涼也は、それまでと一転して明るい口調で訊ねた。

「すみません。リアルスヌーピーを飼うのが夢とか保護犬ならただで貰えるだとか、好き勝手なことばかり言ってるんで腹が立って忘れてました」

沙友里が、バツが悪そうに言った。

「まあ、ああいう考えの人のほうが多いのが現実だから。よしよし、おいで。残念だったか？」

涼也は、ジェットのサークルに入ると語りかけつつ抱き寄せた。

「所長は、よく腹が立ちませんね。私なら、叱りつけていたと思います」

「腹を立てるより、見抜くことのほうが重要だよ。僕らの役目は、相手を叱りつけたり説き伏せることではなくて、希望者がこの子達の里親に相応しいかを見極めることさ」

ジェットの垂れた耳の付け根を揉みながら、涼也は思いを口にした。

慈悲の心を持てと言っているわけでも、感情をコントロールしろと言っているわけでもない。

涼也は、里親希望者を叱りつけたり説教するのが無意味だということを言っているだけだ。

「でも、ああいった考えの人達はビシッと言い聞かせて改心させたほうがいいんじゃないですか⁉　そうしたら、里親になる資格が……」

「それは、僕達が一番やってはいけないことだよ」

沙友里を、涼也は厳しい口調で遮った。

「なぜですか？」

「叱ったり説き伏せたりして改心させても、なにかがあれば元に戻るものだよ。この子達が言うことを聞かなかったり反抗したり、思い通りにいかないことが続けばメッキが剝がれてしまう」

涼也は、ジェットの頭を撫でつつ言った。

「メッキですか？」

「うん。この子達にたいして無償の愛が芽生えるかどうかは、自分で感じるしかないんだ。彼らが僕達人間にたいして抱く純粋な気持ちを……」

ジェットの首筋を叩き、涼也はサークルから出た。

「なんか、深い言葉です。たしかに、人から叱られたり説教されて気づけるものじゃないですよね。やっぱり、所長は凄いです」

沙友里が褒めてくれるたびに、罪の意識に苛まれた。

自分は、彼女が思っているような元から動物愛に満ち溢れた人間ではない。

「ワン子の園」のボランティアには、涼也の過去は話していなかった。

「沙友里ちゃん、あんまりおだてすぎないでね。こう見えて、意外に調子に乗るタイプだから」

声の主──出入り口から、ショートカットで小顔のパンツスーツ姿の若い女性……華が入ってきた。

「あ、華さん、お疲れ様です！」

笑顔で、沙友里が挨拶した。

華は以前、東京都の動物愛護相談センターに勤務していたので、保護犬の引き取りに行った際に沙友里とは何度か顔を合わせている。

「沙友里ちゃん、久しぶりね。Z県に異動して以来だから、三、四ヵ月ぶりかしら」

華が言いながら、サークル越しに後ろ足で立ち上がり出迎えるシーズー雄五歳のペコと柴犬雌四歳のクリームの頭を撫でつつ歩み寄ってきた。

「どうしたの？　こんな時間に」

涼也は、華をソファに促しつつ訊ねた。

「午後から東京のセンターに立ち寄る用事があるから、その前にちょっと様子を見にきたの」

華はソファには座らず、サークルの犬達の様子を見回っていた。

「華さん、コーヒー派でしたよね？　いま、用意しますから」

「僕がやるから、君は早くこの子達の散歩を頼むよ」

涼也は、沙友里に言った。

「あ、そうでした！　華さん、また今度、新しい職場にも顔を出します。じゃあ、行ってきます！」

沙友里が、四頭の小型犬を連れてフロアから駆け出した。

「さすがに、手入れが行き届いているわね」

華が、サークルの犬達を見渡し感心した口調で言った。

「ボランティアのみんなが、優秀だから。どう？　少しは新しい環境には慣れた？」

涼也はデスクに座り、午後一時に面接予定の原田進太郎のデータを開いた。

華とは約七ヵ月後……彼女の誕生月の十一月に入籍する予定だ。

ほぼ二十四時間態勢の里親ボランティアセンターを運営している涼也と、Z県の動物愛護相談センターに勤務する華は互いに多忙を極め、籍を入れるまで同棲はしないと話し合って決めていた。

「それより、妥協しないスタイルは相変わらずね。面接の夫婦、散々、文句言いながら帰って行ったわよ」

華が、涼也のデスクの脇に丸椅子を置いて座ると、パンツスーツに包まれた長い足を組んだ。

「聞いてたの？」

パソコンのディスプレイに顔を向けたまま、涼也は訊ねた。

「立ち聞きするつもりはなかったんだけど、途中で入るのもあなたの気が散ると思って待ってたのよ」

「気なんか散らないから、入ってくればいいのに」

「里親希望者の資格チェックも大事だけど、ちょっと厳し過ぎない？　至らない点もいろいろあると思うけど、そもそも完璧な人間なんていないわけだし、なにより、保護犬を引き取りたいって名乗りをあげてくれているわけじゃない」

「それはわかっているけど、この子達が二度傷つく可能性のある環境には行かせられないからね。あれくらいで、ちょうどいいと思っているよ」
○氏名　原田進太郎　○年齢　五十八歳　○職業　自営業　○住居形態　分譲マンション
○家族構成　妻と二人暮らし　○健康状態　良好　持病なし　○喫煙　配偶者共に吸わない　○他ペット　無し
涼也はディスプレイに顔を向けたまま、華に持論を口にした。

原田進太郎はデータ上では、里親の資格を満たしていた。

だが、村西夫妻のように、実際に面接のときに問題点がわかることもある。

「次の面接の人?」

華がディスプレイを覗き込みながら訊ねてきた。

「うん。サイトを観て、クリームの里親を希望してくれているんだ」

「ああ、あの柴ちゃん、クリームって名付けたんだ」

柴犬のクリームは、去年、華が東京都の動物愛護相談センターにいた頃に涼也が引き取ったのだった。

クリームは七十歳過ぎの老夫婦に飼われていたが、妻を病で亡くし残された夫も体調を崩し、犬の世話をできる状況でなくなったという理由でセンターに持ち込まれたのだ。

「君に、よく懐いていたよね」

「あの頃が懐かしいわ」

「まだ数ヵ月しか経ってないのに、何年も昔みたいな言いかただな。じゃあ、コーヒーを淹れてくる……」

「三ヵ月で、四頭とお別れしたわ」

華が、淡々とした口調で言った。

涼也は上げかけた腰を椅子に戻し、華をみつめた。

「殺処分の数ってこと?」

「そう。犬一頭に猫三頭。四頭とも七歳を超えてて、引き取り手が現れる見込みがなくて」

「君の地域にも、里親ボランティアはあるんだろう？」

「あるわよ。でも、涼ちゃんのところもそうだけど、保護犬、保護猫のセンターの受け入れ数にも限界があるし、譲渡してもそれを上回る持ち込みがあるから追いつかないの」

華の口調には、どこか諦めの雰囲気が漂っていた。

「だからって、殺処分の理由にはならないだろう？　十件で追いつかなければ二十件、二十件で追いつかなければ三十件の里親ボランティアと提携するべきじゃないのか？」

「ウチの地域には、そんなに多くのボランティア団体はないのよ。個人レベルで里親探しをやっている人はそれなりにいるでしょうけど、『ワン子の園』規模の団体がたくさんある東京とは違うわ」

相変わらず淡々と他人事のように状況説明する華にたいして、涼也は戸惑いを覚えた。

「だったら、動物愛護相談センターのほうで頑張って貰うしかないよ。七歳でも十歳でも、犬や猫からしたらパピーと同じように人間を信頼している。違いがあるとすれば、それは人間の愛情のかけかたの問題さ。パピーならかわいくて懐きやすいからすぐに引き取り手が現れる。老犬は衰えているし手間がかかり老い先短いから引き取り手がない。犬は、敏感に人間の気持ちを察するんだ。厄介者みたいな扱いをされて、ペットショップのパピーと同じように無邪気に懐くのを求めるのは、人間のエゴ以外のなにものでもないよ」

言い過ぎている……わかっていた。

しかし、東京をはじめとする一部の都道府県以外は、いまだに数多くの殺処分が行われているのが現実だ。

東京だけでなく、一日も早く日本全国の動物愛護相談センターから殺処分をなくすのが涼也が直面する急務であり、使命でもあった。

「もしかして、私に言ってるの?」

華が、怪訝そうな顔を向けた。

「そうじゃないけど……」

涼也は、口にするかどうかを逡巡した。

「けど……なに? 涼ちゃんの言いかたを聞いていると、ウチのセンターで殺処分が行われているのは、私の責任みたいに聞こえるんだけど」

華が、涼也の瞳を直視した。

嘘やごまかしの通じない瞳……ときどき、彼女の瞳は犬の瞳に似ている、と涼也は思う。

「もちろん、君の責任なわけがないよ。こういうのって、誰の責任とか責任じゃないとかの問題じゃないと思うんだ」

デリケートな話題が故に、慎重に言葉を選ぶ必要があった。

「だから、なにが言いたいの? オブラートに包んだような言い回ししてないで、はっきり言ってよ」

華が詰め寄ってきた。

「慣れないでほしい」

涼也は、華がZ県の動物愛護相談センターに異動になってから、ずっと心の奥底にあった懸念を口にした。

「なにそれ？　どういうこと？」

華の眉根が険しく寄った。

「人間は習慣の生き物だから、何事も長く携わるほどに環境に慣れていくものだ。外科医や看護師が、大怪我をして運ばれてきた人を見ても動揺せず冷静に対処できるように。また、慣れなければ負傷者を救えないしね。一頭、二頭、三頭……殺処分される犬猫を目の当たりにしているうちに、一頭目のときに心に受けた衝撃を、百頭目のときも感じることができるかが心配なんだ」

涼也は、誤解を与えないよう思いを込めて言った。

「つまり、私が犬猫の殺処分に麻痺して、あたりまえのことのように受け止めていないかを心配してくれているってわけね？」

華が棘を含んだ口調で皮肉を言った。

「気を悪くしないでほしい。それが、人間だから。でも、人間に免疫ができても、処分される犬や猫はそうじゃない。犬猫にとっての事実は、信頼している人間に手放され、結果、命を奪われる。人間側の葛藤は、残念ながらこの子達には通じないんだ」

涼也は、フロアの保護犬達を見渡した。

一方的に、人間側に非があると責めているわけではない。

ペットを動物愛護相談センターに持ち込む飼い主にも、どうしようもない事情がある場合も多い。

そして、安楽死を実行する側も思い悩みストレスを抱えているだろうこともわかっている。

しかし、だからといって、殺処分が行われる大義名分にしてはならないのだ。

「やっぱり、私達職員の責任だと言いたいのね……」

華の語尾は、震えていた——膝上に置いた十指が、パンツの生地に食い込んでいた。

「そうじゃないと、言っただろう？　環境に順応するのが人間の本能だから……」

「殺処分に携わる私達が、仕方のないことだと割り切っていると思ってるの⁉」

涼也を、華の張り詰めた声が遮った。

「誰も、そんなふうには思ってないって」

即座に否定した……否定しながら、疚(やま)しさを覚える自分がいた。

「一日、また一日経つごとに、いつ、上層部から連絡があるかと心休まる日もなく、保護犬達に情が移ったらいけないから、わざと素っ気なく接したり……わからないよね？　保護犬達を引き取り生きる道を与えてあげている立派なあなたには！」

華の叫びが、涼也の胸に爪を立てた。

彼女のことを案じていたつもりだった。

だが、涼也の言葉は、華のことを殺処分も致し方のないことと諦め受け入れる女性だと言っているように取られてしまった。

華が人一倍情に厚く、動物にたいする慈愛の精神の持ち主だということはもちろんわかっていた。

涼也が伝えたかったことは、殺処分に心を痛めているからといって、犬猫の命を奪う免罪符にはならない……殺処分ゼロを一日でも早く実現するためには、憐憫の情や罪悪感に浸っている時間はないということだ。

結果を出さなければ……一刻も早く犬猫の命を奪わない環境にしなければならない。

「立派なわけがない。僕の前職を、君は知ってるだろう？　学生の頃から獣医学の勉強をしながら動物愛護の活動をしていた君のほうが、よっぽど立派だよ」

お世辞でも皮肉でもなく、本心だった。

「ううん、立派よ。あなたは犬の純粋さに触れて、保護犬の里親ボランティアの活動に邁進している。あなたより遥かに、動物達から無償の愛を受けてきたはずなのに私は環境に流されて、助けを求めている身寄りのない彼らを処分している。これで満足？」

　これまで見せたことのないような暗く哀しい瞳でしばらく涼也をみつめ、華は席を立つと出口に向かった。

「あ、それから……さっきの面接希望者に厳しいんじゃないかっていう話だけど、あなたと意見が合わない理由がわかったわ」

　思い出したように立ち止まった華が、背中越しに言った。

「なに？」

「私は、貰い手がいない死と隣り合わせの犬や猫を見ているから、さっきの夫婦みたいな感じでも、この子達を引き取りたいと名乗り出てくれるだけで感謝の気持ちで一杯になるの。至らない点、不安な点があったら、指導して、諭して、この子達を引き取るのに相応しい気持ちが芽生え、知識が身に付くように導く努力をしようと思う。だって、この人達が貰ってくれなければ、明日には処分されてしまうかもしれない子達に直面していたら、そうせざるを得ないんじゃないかしら。涼ちゃんが見ているのは、殺処分ゼロの東京だけの平和な保護犬達……だから、簡単に追い返すことができるんじゃないかな。言い過ぎたなら、ごめん。じゃあ……」

　華は堰を切ったように思いの丈を告げると、足早にフロアを出た。

　スケートリンクで転倒して後頭部を痛打したような衝撃が、脳内に走った。

「華さんと喧嘩でもしたんですか？　泣きそうな顔で飛び出して行きましたよ」

放心状態で出口をみつめていた涼也の視界に、四匹の幼犬グループを引き連れ戻ってきた沙友里が現れた。

「うん、ちょっとね」

我を取り戻した涼也は、曖昧に言葉を濁した。

「珍しいですね。いつもラブラブなのに」

沙友里が腰を屈め、散歩を終えた犬達の肉球や口の周囲をウエットティッシュで拭いつつ言った。

散歩中に犬はほかの犬の残したマーキングを頻繁に嗅いだり、肛門の匂いを嗅ぎ合って挨拶するので、鼻や髭は雑菌だらけだ。

肉球はきれいにしても鼻や髭は拭かない飼い主が多いが、ほかの犬に感染症が広がる可能性があるので清潔にしておく必要があった。

「みんな、平気だった？」

涼也は、話題を変えた。

話題を変えるのだけが目的ではなく、犬達の歩様(ほよう)や速度に異変がないかは散歩後に常にチェックしていた。

動物は物が言えないので具合が悪くても言葉で訴えることはできないが、ご飯の食べかたや散歩の動きを注意深く観察しているといくつものサインを出している。

「至って順調です。所長の愛情が行き届いているんですね」

「君達の面倒見がいいからだよ。ところで、訊きたいんだけど、僕は面接で厳し過ぎかな？」

「もしかして村西夫妻のことですか？　厳し過ぎるどころか、あれでもまだ、優し過ぎるくらいですよ」

沙友里が、思い出したのか憤然とした顔で言った。

「彼らだけじゃなくてさ、なんか、全体的に里親希望者にたいして厳しいことばかり言ってるような気がしてさ……」

「あ！　さっき、華さんに厳し過ぎるって言われたことを気にしてるんですね？　大丈夫ですよ！　華さんは、たまたまあの瞬間しか見てないからそう思っただけで、最初から村西夫妻の自分勝手ぶりを見ていたら、厳し過ぎるなんて言いませんから！」

――だって、この人達が貰ってくれなければ、明日には処分されてしまうかもしれない子達に直面していたら、そうせざるを得ないんじゃないかしら。涼ちゃんが見ているのは、殺処分ゼロの東京だけの平和な保護犬達……だから、簡単に追い返すことができるんじゃないかな。

励ます沙友里の言葉を、記憶の中の華の声が掻き消した。

「最初から見ていたとしても……」

涼也は言葉の続きを呑み込んだ。

「え?」

沙友里が怪訝そうに首を傾げ気味にした。

「あ、いや、なんでもない」

彼女は同じことを言ったはず……華にだけ見えて、自分には見えない真実を。

# 3

午前七時。「ワン子の園」のフロアは、十人前後の制作会社のスタッフが慌ただしく動き回っていた。

テレビ番組の撮影が入るので、「ワン子の園」をいつもより一時間早く開けていた。

「シャツの中失礼しまーす」

ADの男性が、涼也の襟もとにピンマイクをつけ、慣れた手つきでコードをポロシャツの中に通しアダプターをチノパンのヒップポケットに入れた。

「所長さん、後ろのワンちゃんと被っちゃうので、もうちょっと右にいいですか？」

カメラマンが、涼也に言った。

振り返ると、柴犬のトップが涼也の背後に隠れていた。

「あ、はい」

涼也は、右に移動した。

「ストップ……行き過ぎです。今度は、別のワンちゃんに被っちゃいます」

カメラマンが、トイプードルのモモのサークルを指差した。

「あ、すみません」

涼也は、左に一歩戻った。

「なんだ、ガチガチになってるじゃないか。お前でも、緊張することあるのか?」

ボランティアの達郎が、からかうように言いながら歩み寄ってきた。

達郎はテレビ番組の制作会社「大京テレビ」の営業部に勤務しており、今回、「殺処分ゼロを目指して」という保護犬と保護猫をテーマにしたドキュメンタリー番組に「ワン子の園」をブッキングしてくれたのだった。

人前に出ることが苦手な涼也は、いったんは達郎の申し出を断った。

だが、全国ネットで保護犬の現状を一人でも多くの人々に伝えることこそが、番組を観ている一人一人の意識を変革し、全国で殺処分ゼロを達成する道に繋がる、という達郎の説得で出演を決めたのだ。

達郎とは、高校時代からの付き合いだった。

互いに別々の大学に進学し、別々の会社に就職してからも交友関係は続いた。

お調子者のムードメーカーで空気の読める達郎と、一本気で長いものに巻かれない頑な涼也は正反対の性格をしていたが、不思議とウマがあった。

達郎が涼也をうまく乗せてくれているからこそ、二人の友情関係が長続きしているのは間違いなかった。

「だから、言っただろう。昔から、人前に出るのは苦手なんだ」

「犬の前なら平気なんですけどね」

ボランティアの亜美が、子犬系の童顔を綻ばせ茶化してきた。

「所長をからかうんじゃありません」

隣に立っていた沙友里が窘（たしな）めると、いたずらを叱られた子供のように亜美が首を竦めた。

しっかり者の姉とおてんばの妹、という感じだった。

亜美は、沙友里が勤務するペットショップの後輩だ。

「そうだよ、お前は余計な一言が多い！　それに、テレビに映るからって、化粧が濃くないか？」

沙友里の反対側の隣に立っていたボランティアの健太が、亜美にダメ出しと突っ込みを入れた。

健太は亜美より二歳上の二十四歳で、本業は引っ越しセンターに勤務している。

いつもは分散してローテーションを組んでいるが、今日はテレビの撮影なので四人のボランティア全員のスケジュールを合わせたのだった。

「うるさいわね！　自分こそ、いつもは薄汚いTシャツのくせにジャケットなんか羽織っちゃって」

亜美が、負けじと応戦した。

「もう、あなた達は、寄ると触るといがみ合ってばかりね」

沙友里が、呆れたようにため息を吐いた。

「喧嘩するほど仲がいいってやつだな。いっそのこと、つき合ってみたら？」

達郎が悪乗りして茶々を入れた。

「ちょっと、達郎さんやめてくださいよ！　そこら中にマーキングするような節操のない男はごめんです！」

亜美が円らな瞳を大架裟に見開き、顔前で大きく手を振った。

「誰がそこら中にマーキングするか！　俺のほうこそ、モモと付き合ったほうがましですよ！」

健太が、モモのサークルに駆け寄り抱き上げた。

「二人とも、いまから撮影なんだから、そこらへんでやめなさい。達郎さんも、面白がって煽らないでくださいね」

沙友里が、三人にダメ出しした。

「沙友里ちゃんは、本当に落ち着いてるね。健太とたったの一個違いとは思えないな」

達郎が、感心したように言った。

「なんですか、達郎さんまで馬鹿にして。みんな、ひどいよな～？　モモちゃん」

健太がモモに頬ずりした。

「千原さん、スタンバイOKです」

ADが、カメラマンの隣で腕組みをしてなにかを考え込む、よく陽に焼けた中年男性に声をかけた。

千原は番組のプロデューサーだった。

「どうかしたんですか？」

達郎が、千原に訊ねた。

「ん〜。なんか、画が弱いんだよな〜」

千原が、涼也をみつめてしきりに首を捻った。

「涼也は、シベリアンハスキーみたいなコワモテ顔でインパクトあると思いますけど？　背も百八十センチを超えてるし、ラガーマンタイプのマッチョで迫力あるし」

達郎が、涼也の肩を叩きながらふたたび茶化してきた。

嫌な気はしなかった。

昔から、達郎には何度も救われてきた。

「いや、所長さんはバッチリだよ。主役ちゃんたちがねぇ。あ、君、そのトイプードルちゃんを抱いたままこっちにきてくれるかな？」

千原が、健太に手招きした。

「え？　モモがカメラに映らなくなりますよ？」

涼也の胸に芽生えた疑問を、健太が代弁した。

「映さないためさ」

涼しい顔で、千原が言った。

「千原さん、どうしてモモを外すんですか？　モモは人気ナンバーワンの犬種で、まだ二歳と若いですし、外しちゃったら画面がもっと地味になっちゃいますよ？」

達郎が、怪訝そうに訊ねた。

「だから、外すのさ。画面が華やかになったら困るんだよ。いいか？　これはペットショップのPR番組じゃなくて、保護犬の番組だ。ほしいのは、若くて華のある人気犬種の画じゃなくて、老犬で悲愴感の漂った犬の画なんだよね〜」

「老犬で悲愴感の漂った犬……ですか？」

達郎が、千原の言葉を鸚鵡(おうむ)返しにした。

「そうそう。ビジュアルに欠点があるせいで、ペットショップで売れ残って大きくなった犬、虐待されて人間不信になった凶暴な犬、年を取り眼や耳が悪くなり手間がかかるという理由で捨てられた犬……ねえ、所長、ほかにそういう犬はいませんかね？」

千原が、涼也に視線を移した。

「ウチには、いま、ここにいるだけの子達ですが……。この子達だけでは、だめですか？」

涼也は、冷静さを保ちつつ訊ねた。

「いや、だめじゃないから、困ってるんですよね～。『ワン子の園』の犬は、みんな、小綺麗で生き生きとし過ぎなんですよ。つまり、幸せ過ぎるってことです」

千原が、両手を広げ肩を竦めた。

「この子達が、幸せだといけないんですか？　保護犬は、悲愴感が漂う不幸な犬じゃなきゃだめなんですか？」

涼也は、強張った声で問い詰めた。

「そういう意味じゃないんですが、番組の趣旨としてはそのほうが効果的だと言ったまでです。所長さんが番組に出演するのは、『ワン子の園』の活動を一人でも多くの視聴者に知って貰い、全国殺処分ゼロを実現するのが目的ですよね？」

千原が、少しも動じたふうもなく訊ね返した。

「そうですが、それがなにか関係あるんですか？」

涼也は、千原を見据えた。

「関係は大ありですよ。視聴者が抱いている保護犬のイメージは、一言で表せばかわいそうな犬……ようするに、同情できる風貌と境遇の犬です。衛生面で、小綺麗にしているのはいいとして、雑種とか、犬種の平均より倍くらい大きな犬とか、斜視だったり胴が長過ぎたり人になつかない、そういう貰い手のない要素の犬の画があれば摑みが強くて、視聴率も見込めます」

「あ、いますよ！」

健太が、話に割って入ってきた。

「マルチーズとプードルのミックスのマルプーとか、チワワとミニチュアダックスのミックスのチワックスとか……」

「ああ、そういう最近の流行のやつじゃなくて、僕が言っているのは昔ながらの、ほら、焦げ茶色で鼻の周りが黒いような雑種犬ですよ」

健太を遮り、千原が言った。

「あなたは、なにか勘違いしてませんか？」

達郎のためにそれまで我慢していた思いを、涼也はついに口にした。

「僕が、どんな勘違いをしているんですか？」

「ほらほら、そろそろ撮影を始めないと十時から里親希望者の面接が……」

口調こそ穏やかだったが、千原の眼は笑っていなかった。

「たしかに『ワン子の園』には、プロデューサーさんが言うような条件の子はいません。それは、たまたまいまはいないだけで、三ヵ月前までは人になつかなった子や犬種の平均より一回り大きな子、もっと遡れば昔ながらの雑種や斜視の子もいました。ですが、人気の犬種でも、身体が平均の大きさでも、元気いっぱいに見えても、うちの子達はそれぞれ心に傷を負っています。どんな事情があろうとも、飼い主と離れて動物愛護相談センターに持ち込まれた犬達は、心細く、飼い主が恋しいものです。いつ、迎えにきてくれるんだろうと、飼い主が現れるのを心待ちにしています。迷い犬で保護された場合を除いては、飼い主が迎えにくることはほぼありません。それを画になるとかならないとかで判断するのは、納得できません」

涼也は、場をおさめようとする達郎を遮り千原に思いの丈をぶつけた。

同時に、いまの環境に馴染まないように自らにも言い聞かせた。

知らず知らずのうちに、「ワン子の園」の保護犬達の飼い主になったような気持ちになる自分が怖かった。

どれだけ保護犬達に愛情を注いでも、涼也は飼い主にはなれない。

いや、なってはならない。

里親ボランティアの使命は、保護犬達の生涯のパートナーをみつけてあげることだ。

涼也には、常時三十頭の子供達がいる。

一頭巣立てば一頭を迎え入れ、また、一頭巣立てば一頭を迎え入れる。

涼也が、一頭の保護犬のためだけを考え、一頭の保護犬のためだけに時間を費やす日がくることはない。

涼也の役目は、運命に傷つけられ、人間を信用できなくなった犬達に人に愛されることと愛することを思い出させることだ。

この子だけをみつめ、この子だけに時間を費やすパートナーのもとへ送り出すために……。

「まあまあまあ、そう熱くなるなって。千原さんだって、それくらいわかってくれているから。ねえ、千原さ……」

「勘違いしているのは、所長さんのほうでしょう?」

千原が、達郎を押し退け涼也の前に歩み出てきた。

「どういうことです?」

「所長さんの言っていることは、理想論です。現実は、そんな綺麗ごとじゃ済みません。保護犬達を一頭でも多く救いたいのなら、一人でも多くの視聴者に番組を観て貰うしかないってことです。そのためには、視聴率を稼がなければなりません。もう、おわかりでしょう? ありのままを伝えたいという所長のお気持ちはわかりますが、生憎、視聴者はそんなに単純じゃありません。民放の視聴率競争にくわえて地上波ではできないような過激な番組を提供するネットまで参戦して、いまの視聴者はちょっとやそっとの刺激では感動できない体質になってるんですよ。インパクト大の画面がないと、すぐにチャンネルを替えられますからね。つまり、僕が仕込みをしなければならないと言ってるのは、所長さんの目的を果たすためなんですよ。これで、わかって頂けましたか?」

千原が、恩着せがましく言った。

「そうだよ、涼也。千原さんも、ただ面白おかしくしようとして仕込みをやろうって言ったわけじゃないんだよ」

達郎が、作り笑顔で取りなしてきた。

「視聴者の同情を引くために、憐れに見える犬をどこかから連れてきてまで目的を果たそうとは思いません。それに、たとえ視聴率が稼げて多くの人に観て貰えたとしても、表面的な物事で判断するような里親希望者に、この子達を送り出すわけには行きませんので。ありのままの姿を撮って頂けないのなら、どうぞお引き取りください」

涼也は、きっぱりと言った。

「おいおいおいおい、なに言ってるんだよ。すみません。彼は二十四時間態勢でこの子達の世話をしているので、疲れ気味でイライラしているだけです。俺のほうからよく言い聞かせて……」

「わかりました。達郎君から頼まれて『ワン子の園』を選んだだけで、ほかの保護犬ボランティア団体で出演したがっているところはいくらでもあるので、そちらに向かいます。こういうことも想定して、保険をかけていてよかったですよ。おい、撤収だ！」

千原は皮肉たっぷりに言うと、撮影スタッフに大声で命じた。

「ちょっと、待ってくださいよ！　涼也も本心から言ったわけじゃないですから……」

翻意を促す達郎に背を向け、千原が足早に出口に向かった。

「もう、いいよ」

涼也は、達郎の背中に声をかけた。

「なにを言ってるんだよ⁉ いいわけないだろう⁉」

達郎が振り返り、信じられない、といった顔で涼也を見据えた。

「せっかくお前が骨を折ってくれたのに、台無しにして悪かったよ」

涼也は、素直に詫びた。

千原にたいしての言葉に後悔はないが、自分のために動いてくれた達郎の好意を無駄にしたのは事実だ。

「俺のことは、どうだっていいんだよっ。それより、千原さんに謝って……」

「断る。ウチのためにキャスティングしてくれるように頼んだお前には悪いと思っているが、彼に謝ることはなに一つしていないからな。みんなも、いつもの作業に戻ってくれ」

涼也は達郎に言うと、心配そうに事の成り行きを見守っていた沙友里、亜美、健太に視線を移した。

「涼也っ、頼むから考え直したほうがいいって」

「午前中にくる里親希望者の面接があるから、データを見ておきたいんだ。悪いけど、今日のところは帰ってくれないかな」

涼也は達郎に背を向け、デスクに座りパソコンを立ち上げた。

「どういうことなのか、説明してくれ」

パイプ椅子を涼也の隣に置いて座った達郎が、厳しい表情で詰め寄った。

「さっき、プロデューサーに言った通りだよ。ヤラセをしてまで、テレビに取り上げてほしくはない」

涼也は、パソコンのディスプレイに顔を向けたまま言った。

十時に面接にくる里親希望者は、先日訪れる予定だった原田進太郎だ。

急用ができ、予定を変更してほしいと連絡があったのだ。

「俺の話を聞くんだ」

達郎が、デスクチェアを回転させ自分と向き合う格好にした。

「急にあんなことを言われて、気を悪くするのはわかる。だが、ここは大局的に物を見てくれないか？　見た目が憐れな犬を仕込みたいなんて、俺だって千原さんの言いかたには腹が立ったよ。でもな、子供みたいに怒って追い返してどうする？　俺らの目的は、一人でも多くの人達に保護犬の現実を知って貰って、里親を募ることじゃないのか？」

達郎が、諭し聴かせるように言った。

「お前まで、そんなことを言うとは思わなかったよ。同情を引くような犬を撮影のためだけにほかから連れてくることが、保護犬の現実を知って貰うことになるのか？」

涼也は、ため息交じりに言った。

「そりゃあ、褒められたやりかたじゃないとは思うさ。でも、いま大事なのは方法の是非よりも結果だ。保護犬のボランティアが世に広まってきたとはいえ、世間の認知度からしたら、まだまだだ。犬好きでない人からすれば、保護犬と聞いてもピンとこない……っていうか、知りたいとも思わないだろう。犬好きは、自分達の基準で物を考えがちだ。だが、犬好きと犬好きでない者の考えのギャップは想像以上に大きい。涼也。俺達保護犬ボランティアが相手にしているのは、犬好きな人達ばかりだ。お前の最大目標の全国殺処分ゼロを実現するには、犬に興味のない人達の意識改革をしなければ不可能だ。保護犬達の実体を知れば、アクセサリー感覚やノリで犬を飼い、飽きたり困ったりで動物愛護相談センターに持ち込む者も飛躍的に少なくなるだろう。千原さんの番組はゴールデン帯だ。お前の……いや、俺達みんなの夢を叶えるには、多少の妥協は必要なんだよ！　な⁉　いま、千原さんを連れてくるから謝ってくれ」

達郎が、熱っぽい口調で訴えた。

彼の主張は間違っていない。

今回も、保護犬にたいしての理解を一人でも多くの人に深めて貰いたいために労力を費やしたのだ。

「お前には本当に申し訳ないが、それはできない。全国殺処分ゼロを目指すからこそ、視聴者を欺くようなことをしちゃだめだ。その瞬間にインパクトを残せて話題になっても、偽物は長続きはしない。数ヵ月の保護犬ブームを作るならいいかもしれないけど、僕達は十年、二十年先までこの子達が幸せな犬生を全うできる世の中にしなければならない。達郎、メッキはすぐに剝がれるものだよ」

涼也は、思いを込めて達郎の瞳をみつめた。

もう三十年以上前に、シベリアンハスキーの大ブームが起きたことを知った。

鋭い眼光を持つシャープな顔立ちのシベリアンハスキーは、狼と似た風貌で人気に火がついた。

だが、シベリアの氷点下五十度にも達する酷寒の大地を、五百キロ以上もリレーしながら走るシベリアンハスキーは、日本で飼うには不向きな犬種だった。

絶対的なリーダーシップのもとで主従関係を結んできたハスキーを扱える飼い主が、日本には少ない。

必然的に主従関係が逆転し、ハスキーは飼い主の指示に従わなくなり、バカ犬の烙印を押されることになった。

結果、ハスキー人気は急落した。

当時、心ない飼い主達に次々と捨てられたハスキーが野良犬化し、社会現象にもなったという。

もちろん、ハスキーは馬鹿な犬ではない。

主人に忠実で決断力に優れた聡明な犬だった。

人間の都合により、ペットが犠牲になったハスキーの悪しき例を繰り返してはならない。

「剝がれても、いいじゃないか」

達郎の声が、涼也を現実に引き戻した。

「メッキが剝がれたら、また張り直せばいいじゃないか。三度でも、四度でも。たしかに、お前の言っていることは正論だ。だが、同時に理想論でもある。川に溺れている子犬に遭遇したら、服が汚れるからとか気にせず飛び込もうとするだろう？　なあ、涼也。正論だけでは、大義を果たすことはできないんだぞ」

――私は、貰い手のいない死と隣り合わせの犬や猫を見ているから、さっきの夫婦みたいな感じでも、この子達を引き取りたいと名乗り出てくれるだけで感謝の気持ちで一杯になるの。至らない点、不安な点があったら、指導して、諭して、この子達を引き取るに相応しい気持ちが芽生え、知識が身に付くように導く努力をしようと思う。だって、この人達が貰ってくれなければ、明日には処分されてしまうかもしれない子達に直面していたら、そうせざるを得ないんじゃないかしら。涼ちゃんが見ているのは、殺処分ゼロの東京だけの平和な保護犬達……だから、簡単に追い返すことができるんじゃないかな。

達郎の言葉に、記憶の中の華の声が重なった。

自分の言っていることは、綺麗ごとなのだろうか？

五年間、この信念を貫いてやってきたことは間違いだったのか？

スタッフたちには理解されていなかったのだろうか？

「子犬を助けるために川に飛び込んで付く汚れと、目的を達成するために人を欺くことは違う。とにかく、どれだけ頼まれても番組に出演する気はないから諦めてくれ」

涼也は一方的に言い残し、パソコンのディスプレイに向き直った。

「わかった。勝手にしろ」

吐き捨てるように言うと、達郎が席を立ち出口に向かった。

「これだけは、言っておく」

達郎が足を止めた。

「お前のやっていることは、正義じゃなくて偽善だ」

背を向けたまま言うと、達郎がふたたび歩を踏み出した。

瞬間、マウスに置いていた涼也の手に力が入った。

「偽善だなんて、失礼な人ですね！」

達郎が出て行くと、健太が憤然とした顔で言った。

「うん、偽善は言い過ぎね。だけど、達郎さんの言うこともわかるような気がするな」

亜美が口を挟んだ。

「は？　なに言ってるんだよ？　達郎さんは、ここにいるワンコじゃなくて、憐れで見すぼらしいワンコをよそから連れてくるヤラセを勧めてきたんだぞ⁉」

健太が、非難の眼を亜美に向けた。

「ヤラセはダメだと思うけど、この子達の貰い手を増やすためなら仕方ないんじゃないかな。所長は、石頭過ぎますよ！　達郎さんの顔が潰れちゃうじゃないですか。それに、この子達のためにもなるし、テレビに出ましょうよ」

亜美が、涼也のもとに駆け寄り訴えた。

「達郎には、悪いことをしたな。あとで、謝っておくよ」

涼也も、達郎のことは気になっていた。

保護犬ボランティアを一過性のブームにしないために番組出演を断ったとはいえ、達郎とて業界の活性化を考えてやったことなのだ。

「本当ですか⁉　じゃあ、私、達郎さんとプロデューサーさんを呼んできます！」

「その必要はないよ」

ドアに向かいかけた亜美の足が止まった。

「え？　達郎さんに謝るんじゃないんですか？」

亜美が、怪訝な顔で振り返った。

「達郎とは、今夜にでも時間を取って会うから」

「プロデューサーさんは、どうするんですか？　いまならまだ、いるかもしれないじゃないですか？」

「達郎には謝るけど、番組には出演する気はないよ」

「えっ！　達郎さんの立場はどうするんですか⁉　今回の番組出演を決めるの、かなり大変だったって言ってましたよっ。所長だって、達郎さんに悪いことしたって言ってたじゃないですか⁉」

亜美が、血相を変えて訴えた。

「達郎には、本当に申し訳ないと思っている。でも、それとこれとは話が違うんだ。それより、この子達の朝ご飯の用意を頼むよ」

涼也は言うと、パソコンに顔を戻した。

「なにが違うか、教えて……」

「この子達を、守るためよ」

亜美の言葉を、それまで黙って見ていた沙友里が遮った。

「この子達？」

「そうよ。ヤラセがバレたら、どうなると思う？　ごめんなさい、では済まないのよ？『ワン子の園』の信用は、ガタ落ちになるわ。ヤラセなんかする保護犬ボランティアの里親に、誰がなろうと思う？」

「でも、この子達に責任はないじゃないですか⁉」

「そうよ。この子達に責任はないわ。だけど、『ワン子の園』がそっぽを向かれたら、この子達もそっぽを向かれるのよ。それだけじゃない。保護犬ボランティアの業界自体が、信用を失うことになるの。それが、なにを意味すると思う？　保護犬自体も悪いもののような印象になっちゃって、里親の数は激減するでしょうね。所長は、この子達が一番の被害者になることを危惧して断ったのよ」

沙友里が、柔らかな口調で亜美を戒めた。

「所長、なにも知らずに勝手なことを言ってごめんなさい！」

亜美が、弾かれたように頭を下げた。

「いいんだよ。頭を上げて。亜美ちゃんは悪くないさ。どんな理由があろうと、僕が達郎の好意を無にしたのは事実なんだから」

涼也に促され頭を上げた亜美の眼は、赤く充血していた。

「でも、達郎さんも同罪ですよ！　プロデューサーの側に立って、所長にヤラセをさせようとしたわけですからっ」

健太が、憤然とした口調で言った。

「いや、達郎だってこの子達のことを考えての行動だから」

庇ったわけではなかった。

性格もやり方も違うが、達郎も涼也に負けないくらいに保護犬の将来を四六時中考えているような男だ。

「だからって、ヤラセなんて……」

「はいはいはい！　ここまでよ！　亜美はこの子達の朝食を仕込んで、健太君は私とトイレシートの交換をしてちょうだい」

沙友里が手を叩きながら、健太と亜美に命じた。

亜美が厨房に、健太が出入口側のサークルに向かった。

「いろいろ、助かるよ。ありがとうな」

涼也は、健太と反対側の壁沿いのサークルに行こうとした沙友里に声をかけた。

お世辞ではなく、沙友里の存在があるからこそ「ワン子の園」はまとまっていた。

涼也の一番の理解者であり、二十五歳とは思えない落ち着きがあった。

「水臭いこと、言わないでください。所長のやっていること、間違ってないと思います。私、どんなときでも味方ですから」

沙友里は頬を赤らめ頭を下げると、踵(きびす)を返した。

涼也はデスクチェアから立ち上がり、柴犬のクリームのサークルに向かった。

二本足で立ち上がったクリームがサークルに前足をかけ、大きく横に尻尾を振った。

いまでこそ元気を取り戻したクリームだったが、去年、動物愛護相談センターから引き取ったばかりのときは二日間餌を食べなかった。

飼い主と離れ離れになり、寂しさから断食する犬は多い。

クリームの場合は、妻を失った老人が体調を崩し犬を飼える状態ではなくなったという理由で動物愛護相談センターに持ち込まれたので、人間の好き勝手で捨てられたわけではない。

だが、クリームからすれば、どんな理由であろうと大好きな飼い主と離れ離れになった事実に変わりはないのだ。

「決まるといいな」

涼也はクリームに語りかけると、サークル越しに抱き締め首筋を撫でた。

☆

「おお、いい子だね。そうかそうか、私のところにくるかい？」

原田進太郎が、相好を崩してクリームの頭を撫でた。

目尻や頬の皺が、より深く刻まれた。

「開けましょう」

涼也は、サークルの扉を開けた。

勢いよく尻尾を振りながら飛び出したクリームが飛びつくと、原田が尻餅をついた。

「大丈夫ですか？」

「いやいや、お恥ずかしいところをお見せしてしまって。寄る年波には勝てませんな」

原田が苦笑いしながら、涼也の手を握り立ち上がった。

「寄る年波だなんて、まだ五十八歳じゃないですか」

お世辞ではなかった。

人生百年の時代、五十代は折り返し地点と言っても過言ではない。

だが、東京都の動物愛護相談センターの取り決めた里親資格の九項目の中の一つに、原則、都内にお住まいで二十歳以上六十歳以下の方、とあるように、原田も二年後には里親の資格を失ってしまう。

「まあ、数字だけで言えばそうですかな」

原田が言いつつ、腰をさすった。

「クリーム、お座り。行儀良くして、かわいがって貰いなさい」

涼也が命じると、クリームがお座りした。

「よっこいしょ……」

顔を顰（しか）めつつ原田が屈むと、関節が鳴る音がした。

「お前は日本犬なのに、人懐っこいなぁ」

目尻を下げ、原田がクリームの耳の下を揉んだ。

それから、原田はクリームに顔中舐められていた。

涼也は、敢えて止めることをせずクリームの好きにさせていた。

犬にとって、人間の顔……とくに口を舐めるのは親愛の表現であり、大事なスキンシップだ。

大事なのは、犬だけではない。

涼也にとっても、里親希望者と保護犬の相性をみるのに大事な時間だった。

見たいのは、相性だけではなかった。

涼也の経験上、表面的な犬好きは口を舐められるのを嫌がることが多い。

原田は、もう五分以上、集中的に口もとを舐められていた。

心から犬好きなのは、彼の接しかたでわかった。

だが、涼也の心は晴れなかった。

クリームとの相性も保護犬への愛情も問題はなさそうだった。

しかし……。

「ごめんな、クリーム。原田さんを、ちょっと借りるからね」

涼也は、クリームに優しく声をかけながらサークルに戻した。

「こちらへ、おかけください」

涼也は応接ソファに原田を促した。

ソファに腰を下ろす瞬間、ふたたび原田が顔を顰めた。

「クリームのこと、気に入りましたか？」

「はい、もちろんです。思った通り、賢そうな子ですね」

原田が、柔和に細めた眼でサークルに戻ったクリームをみつめた。

その眼差しは、優しさに満ち溢れていた。

彼の人柄なら、クリームを幸せにできる。

涼也は願った。

胸奥に芽生えた危惧の念が、自分の杞憂であってほしかった。

「決まりになっていますので、いくつかご質問させてください。まずは、お仕事のほうは順調ですか？　神保町で、レストランを経営なさっているんでしたよね？」

「そんなたいそうなものじゃありませんよ。料理と言えば、オムライスやナポリタンを出す程度です。昭和の喫茶店ですよ」

「お店のほうは、ご夫婦でやってらっしゃるんですか？」

「ええ……まあ」

言葉を濁す原田に、いやな予感がした。

「今日、奥様はクリームに面会しなくてもいいんですか？」

「店を閉めるわけにはいきませんので……」

原田が、歯切れ悪く言った。

いやな予感に拍車がかかった。

「お店にご夫婦で出られている間、クリームの面倒はどなたが見るんですか？」

涼也は、気になっているうちの一つを訊ねた。

共働きの家庭で、成犬の場合は連日七時間以上留守番しなければならない環境ならば里親の申し出を断っていた。

因みに一歳未満の場合は、留守番の上限を四時間と設定している。

「店の奥が自宅になっていますので、いつでも様子を見に行けます」

「あれ？ こちらのデータでは原田さんのご自宅は分譲マンションとなっていますが？」

涼也は、パソコンからスマートフォンに転送した原田のデータを見ながら訊ねた。

「あ、ああ……それは、その……マンションは二部屋ありまして、玄関寄りの部屋を店舗に、奥を住居にしているのです」

原田が、額に噴き出す汗をハンカチで押さえつつしどろもどろに言った。

「なるほど、安心しました。飼い主さんの声や匂いがするだけで、この子達の精神状態が落ち着きますから」

言葉とは裏腹に、涼也の胸内に暗雲が垂れ込めた。

だが、ここであまり細かく追及してしまうと、これからの質問にたいして警戒されてしまう。

「これまでにペットを飼われたことはございますか？　犬でなくても結構です。猫でも、オウムでも、ハムスターでも」

「幼少の頃に、実家で雑種を飼ったのが最初でした。それから、十代の頃に初代の柴犬、二十代の頃に二代目の柴犬、三十代の頃に三代目の柴犬を飼っていました。幸いなことに、みな、最期を看取ることができました」

原田が、歴代の愛犬に想いを馳せるように眼を細めた。

原田が、犬の扱いに慣れている理由がわかった。

「すべての飼い犬の最期を看取る……口で言うのは簡単ですが、なかなかできるものじゃありませんよ。因みに、最後のワンちゃんを看取ったのはいつですか？」

「三十五歳あたりでしたね」

「それから犬を飼わなかったのには、なにか理由があったんですか？　もう、愛犬と別れるのはつらいとか……」

「それもありますが……翌年にいまの家内と結婚しまして、犬を飼うどころじゃなくなったのもあります」

原田が眼を伏せた。

理由としてはおかしなところはないが、原田のやましげな挙動が気になった。

「それでは、質問を進めます。喫煙者や動物アレルギーの方はいますか？」

「いえ、私は煙草も吸いませんし、もちろんアレルギーもありません」

即答する原田の次の言葉を、涼也は待った。

五秒、十秒……沈黙が続いた。

「あの……私、なにかおかしなこと言いました？」

原田が、怪訝な表情で涼也をみつめた。

「いいえ。原田さん以外の方はどうですか？」

「あ、ああ……家内も煙草は吸いませんしアレルギーもありません」

「すみませんが、コピーを取らせていただきたいので写真付きの身分証明書をお願いします」

「ワン子の園」では、里親希望者が本人であることを証明するために運転免許証、パスポート、マイナンバーカード等の写真付きの証明書の持参を義務付けている。

いずれも所持していない場合は、マイナンバーカードの発行手続きを済ませ送付されてから出直す決まりとなっていた。

どちらにしても里親希望者にたいしては、心変わりをしないかをたしかめるために日を空けて二度面接をすることになっていたので、そのときに間に合えば問題はない。

写真付きの身分証明書に拘るのは、他人を装い保護犬を引き取りどこかに転売したり、募金集めの客寄せに使う不逞の輩がいるからだ。

原田が、そういう輩でないのはわかっていた。

しかし、涼也の中にはこの犬思いの心優しい男に、別の懸念を抱いていた。

もしその懸念が現実になったとき、原田とクリームに悲劇が訪れることになる。

## 4

「悪いな。こんな時間まで付き合わせて」

助手席に座った涼也は、ステアリングを握る健太に言った。

「ワン子の園」のロゴが車体に入ったバンは、中野からJR沿いを西へ走っていた。

まもなく、原田進太郎の自宅兼カフェレストランのある高円寺のマンションに到着する。

「今日はもともとテレビの撮影が入るから、配送のバイトは休み取ってますんで全然大丈夫っすよ！　運転も好きだし。それより、里親希望者に抜き打ち訪問するなんて珍しくないっすか？　原田さんって、なにか問題のある人なんすか？」

健太が、訝しげに訊ねてきた。

里親希望者の自宅や職場を訪問すること自体は、たまたま健太が行ったことがないだけで珍しくはなかった。

ただし、一度目の面談の終わったその日のうちに訪問することは滅多にない。

「いや、そういうわけじゃない。ただ、ちょっと気になることがあってさ」

嘘ではなかった。

原田は心底犬好きで、流行やそのときの気分で飼うようなタイプでないことはわかった。

ましてや、犬好きの仮面の裏で虐待をするような二面性のある人間にも見えなかった。

「なにが気になるんすか？　最近の里親希望者の中では、かなりの好印象でしたけど」

「僕もそう思う。けど、なにかが引っかかるんだよ」

涼也は、思いを口にした。

「なにが引っかかるんすか？」

健太が質問を重ねた。

「それをはっきりさせるために、とりあえず訪問してみようと思ってさ」

心がもやもやする理由を説明しろと言われたら、うまくできる自信がなかった。

原田がなにかを偽っているかもしれないという予感はしていた。

だが、そのなにかがわからなかった。

「あ、そう言えば、達郎さんのところにはいつ行くんすか？」

思い出したように、健太が訊ねてきた。

「原田さんの訪問が終わったら、その足で行こうと思ってるよ」

「俺は、行かなくてもいいと思いますよ。所長はなにも悪くないし、どっちかって言うと達郎さんのほうがテレビ番組でヤラセを勧めてきたわけっすからね！　謝るなら、達郎さんのほうっすよ！」

　怒りの感情が蘇ったのか、健太が強い口調で吐き捨てた。

「たしかに、ヤラセは絶対によくない。でも、保護犬達に一頭でも多く生涯のパートナーを見つけてあげたいという彼の思いから出た発想だからさ。ヤラセの是非の問題と、達郎の保護犬への思いはわけて考えてあげないとな」

　涼也は、健太に諭し聴かせるように言った。

「いや、俺は納得できないっすね。だって、達郎さんは所長を偽善者って言ったんすよ⁉所長が偽善者なら、あの人は詐欺師っすよ！」

　健太が、さらにヒートアップした。

「こら。そんなこと言うもんじゃない。達郎だって、本気でそんなこと言ってないさ」

　涼也は、己にも言い聞かせた。

　――俺達保護犬ボランティアが相手にしているのは、犬好きな人達ばかりだ。お前の最大目標の全国殺処分ゼロを実現するには、犬に興味のない人達の意識改革をしなければ不可能だ。保護犬達の実体を知れば、アクセサリー感覚やノリで犬を飼い、飽きたり困ったりで動物愛護相談センターに持ち込む者も飛躍的に少なくなるだろう。

達郎の声が、脳裏に蘇った。

保護犬達の未来を考え貫き通している理念は、独り善がりなのだろうか？

「所長は、お人好し過ぎますって。あそこまで言われたら、ガツンと怒ったほうがいいっすよ。いくら高校時代からの付き合いでも、言っていいことと悪いことがあります！」

健太の怒りの炎は、弱まることなくさらに燃え盛っていた。

達郎に怒る気になれないのは、彼の言葉を受け入れている自分がいるからなのかもしれない。

逆に健太は、達郎にたいして疚しさが微塵（みじん）もないから怒ることができるのかも……。

涼也は思考を止めた。

いまは、原田のことに集中するときだ。

原田には、クリームにとって、クリームの未来がかかっているのだ。

四歳のクリームにとって、今回の機会を逃すと次はいつ声がかかるかわからない。

いや、声がかかるならましだ。

もう二度と、里親希望者が現れない可能性もあった。

「おかしいな……ナビだとこのへんなんすけどね」

路肩にバンを停めた涼也が、フロントウインドウ越しに視線を巡らせた。

ナビが誘導した所在地には、モルタル造りの安普請のアパートが建っていた。

「住所も合ってますねぇ」

原田の免許証のコピーに視線を落としつつ、健太が言った。

「とりあえず、行ってみよう」

「え？　でも、原田さんはカフェレストランを経営しているんすよね⁉　こんなボロ……いや、いくらなんでもレトロ過ぎませんか？　そもそも、原田さんの自宅は分譲マンションじゃなかったですか？」

「行けばわかるさ」

涼也は言い終わらないうちに、バンを降りた。

「もしかして、このアパートは分譲なんすかねぇ？」

冗談を口にする健太を無視して、涼也は鉄製の階段を使い二階に向かった。

原田のデータでは、部屋番号は二〇三号となっていた。

グレイのペンキがところどころ剝がれ落ちたドアの前で、涼也は足を止めた。

二〇三号室のネームプレイトに名前は入っておらず、空欄だった。

ドア脇の格子越しの窓からは、明かりが漏れていた。

「所長、さすがにこれはないっすよ。確認のために一応……」

呼び鈴を鳴らそうと伸ばした健太の手を、涼也は押さえた。

「え？」

怪訝そうに振り返る健太を促し、涼也はバンに戻った。

「帰るんすか？」

慌てて追ってきた健太が、運転席に乗り込みながら訊ねてきた。

無言で、涼也はスマートフォンをタップした。

「どこに電話する……」

問いかける健太を遮るように涼也は唇に人差し指を立て、受話口から流れてくるコール音に意識を集中した。

四回目の途中で、コール音は途切れた。

「もしもし？　夜分遅くにすみません。『ワン子の園』の沢口です」

『……所長さん、どうなされました？』

少しの間を置き、原田の掠れ声が流れてきた。

「大事な書類の記入を忘れていまして、ちょうど所用で原田さんのご自宅近くに向かっているので、これから立ち寄らせて頂きます」

『あ……私、いま、自宅におりませんので……』

原田は、明らかに動揺していた。

「車で伺いますので、お戻りになるまで待機してますから大丈夫ですよ」

『いや……それは困ります。今日は、戻りが深夜になりますから……』

動揺に拍車がかかる原田のリアクション――ポストに入れるという選択肢を口にしないことで涼也は確信を深めた。

「私のほうも、今日中にご記入して頂かなければならない書類なんです。では、三十分後にどこか外で落ち合いませんか？　署名だけなので、一分もかかりません」

重ねる嘘に、胸が痛んだ。

だが、クリームに幸せな犬生を送らせるために必要な確認なので仕方がなかった。

涼也の予感が当たっていれば、胸の痛みくらいでは済まなくなる。

『外で……ですか？』

「はい。ご指定頂ければ、どこへでも行きますので」

『……わかりました。では、中野駅の北口でもよろしいでしょうか？　三十分あれば、移動できると思います』

「了解しました。私も、すぐに中野駅に向かいます。それでは、後ほど」

後味の悪い気分で、通話キーをタップした。

「署名して貰う書類って、なんすか？　っていうか、中野に行くんですか？」

「書類の話は嘘だから、行かない」

涼也は言いながら、アパートに視線を注いだ。

予感が、外れてほしかった――危惧が杞憂に終わってほしかった。

「え？　嘘？　話が見えないんすけど？」

「すぐに、どっちかはっきりするから」

視線をアパートに向けたまま、涼也は言った。

健太に……というより自分にたいして向けた言葉でもある。

「なにがはっきり……」

涼也は、助手席のドアを開けバンを降りた。

願いは通じなかった——危惧は現実のものとなった。

「所長、どこに……あ！　原田さんじゃないっすか⁉」

健太の声を背に受けながら、涼也はアパートから出てきた原田に歩み寄った。

十メートル、九メートル、八メートル……涼也の存在に、原田はまだ気づいていなかった。

「原田さん」

五メートルを切ったあたりで、涼也は声をかけた。

「どうして……」

立ち止まった原田が、強張った顔で固まった。

「嘘を吐いてすみません。書類に署名というのは口実で、本当の目的は抜き打ち訪問でした」

「抜き打ち訪問……」

呆然と立ち尽くす原田が、うわ言のように繰り返した。

「ええ。面談の段階で気になった方のお宅に、訪問することがあるのです」

「私のなにかが、引っかかったということでしょうか？」

涼也は頷いた。

「分譲マンションの二階でカフェレストランと自宅を兼用なさっているということと、幼い頃から犬を飼う環境で育ってきた原田さんが、三十五歳で結婚したのを機に二十三年間もペットを飼わなかったことです。だからといって、確信があったわけではありません。なんとなく、原田さんの言動に違和感を覚えただけです。ここは、分譲マンションではありませんよね？」

涼也の問いかけに、原田が力なく頷いた。

「カフェレストランも、経営なさってないですよね？」

質問を重ねる涼也に、原田がふたたび頷いた。

ここまでは、アパートを見たときに想像がついた。

いまだに確信が持てないのは……。

「……妻とも別居しています」

涼也が訊こうとしたことを、原田が自ら答えた。

「立ち話もなんですから、よかったらこちらへどうぞ」

涼也は、原田をバンへと促した。

☆

「どうして事実と違う内容で面談にいらっしゃったのか、説明して頂けますか？」

バンの後部座席に並んで座る原田に、涼也は穏やかな口調で訊ねた。

「そうっすよ。マンション所有もカフェレストラン経営も奥さんの件も、嘘だらけじゃないっすか！　原田さんのやってることは、詐欺……」

「お前は口を挟まないで黙ってなさい」

運転席から振り返り原田を咎める健太を、涼也は窘めた。

「いや、でも……」

「すみません。お話をどうぞ」

不満を口にしようとする健太を遮り、涼也は原田を促した。

「分譲マンションを持っていたのも、カフェレストランを経営していたのも本当でした。それも、都内に三軒です。ただし、マンションの名義もカフェレストランの経営者も家内でしたが……」

原田が、消沈した声で語り始めた。

「差し支えなければ、奥様と別居した経緯をお話し頂けませんか？」

「お恥ずかしい話ですが、些細なことが理由なんです。結婚当初から、地主の娘だった家内と小学校の教師の父を持つ家庭で育った私は、いまでいう格差婚ですべての主導権を握られていました。当時は細々ながら文具店を経営していたのですが、そんな地味で面白味のない店はさっさと畳んで、義父がプレゼントしてくれたレストランをやれと……。小さいながらも愛着のある仕事でしたが、家内の意見に逆らう立場ではありませんからね。結婚を機に犬を飼わなかったのも、家内が幼い頃、犬に嚙まれたトラウマがあるらしく、犬嫌いだったからです。情けない話です。犬を飼うにも、家内の許可を貰わなければならないなんて……」

消え入りそうな声で言うと、原田が長いため息を吐いた。

「もしかして、別居の原因というのは犬のことですか？」

涼也は訊ねた。

「ええ……結婚生活二十三年、その日の服装から仕事まで、決定権は家内にありました。たった一度の我がまま……たった一度、自分の好きなことを心のままにやってみたかったんです。犬を飼いたい。五十過ぎの男が小学生のように、勇気を振り絞って言いました。案の定、家内は烈火の如く怒り出しました。いつもならあっさり引き下がる私も、このときだけは意地でも譲る気はありませんでした。犬一匹飼えない結婚生活など、どれだけ裕福であろうとも惨めなものです。犬を諦めるか、私の家を出て行くか……家内は、私に二者択一を迫りました」

「まさか、それで家を出たんすか⁉」

健太が、素頓狂な声を上げた。

「お恥ずかしい話です……」

「そんなことで家を出るなんて、子供じゃないっすか？」

健太が、呆れたように言った。

「こら、原田さんに失礼じゃないか」

「いいえ、この方の言う通りです。本当に、この年になって犬を飼う飼わないで家を追い出されるなんて情けないかぎりです。ですが、私は家を出たことを後悔していません。初めて、自分の意思を通すことができてむしろ清々しい気持ちです」

原田が、言葉通りにさっぱりした表情で言った。

「ですが、この家ではペットを飼えないのではないですか？」

涼也は、原田に訊ねた。

「いいえ、ここの大家さんが無類の犬好きで、中型犬以下ならペット可のアパートなんです」

原田が、嬉しそうに言った。

「いま、お仕事のほうは？」

「はい。旧友が経営している警備会社で、夜勤で働かせて貰っています。夜の八時までは一緒にいられますので、クリームに寂しい思いをさせることはありません」

「原田さん。残念ながら、クリームを送り出すことはできません」

「え……」

涼也が絞り出すような声で言うと、原田が絶句した。

「どうしてっすか⁉ 犬を飼っていい住居で、仕事もしてて、朝から夜まではずっと一緒にいられて、年齢も還暦前だし……なにより、犬への愛情が半端ないじゃないっすか？」

健太が、びっくりしたように口を挟んできた。

「あの……私が、偽りの申告をしていたのが理由でしょうか？」

おずおずと、原田が訊ねてきた。

「いいえ、それはありません。奥様と別居に至る経緯をお話し頂きましたし」

涼也は即座に否定した。

嘘ではなかった。

別居に至る理由は納得できるものであったし、なにより、犬を飼いたくてそうしたようなものだ。

だが、それが問題だった。

「だったらなぜ、だめなんすか？」

健太が、怪訝そうに原田の質問を代弁した。

「原田さんが、犬への愛情に深い方というのは伝わります。軽はずみな気持ちで、里親になろうとしていたのではないことも」

「……では、里親の資格としてなにが足りないんでしょうか？」

原田が、遠慮がちに訊ねた。

「私のいう条件を満たしてくだされば、クリームの里親になって頂けます」

涼也は、原田の質問に答えずに言った。

「その条件とは、なんでしょう？」

「奥様のもとに戻り、保護犬を受け入れる協力を仰いでください」

「家内の⁉ どうしてですか？ 家内との別居の経緯はお話ししましたし、理解して頂けましたよね？」

原田が、初めて納得がいかないという表情を見せた。

「はい。理解しました。ただし、それは、原田さんの夫としての立場とそうしてでも犬を飼いたいというお気持ちです。ですが、それとクリームを安心して送り出せるかという話は別問題です。原田さん、今回のあなたの決断はご自分を優先したものです。クリームの側に立てば、家を飛び出すより奥様を説得するほうを選択するはずです」

「先ほども申しましたように家内は犬を飼わないと……」

「それでも、説得するのです。原田さん、失礼ですが腰と膝が悪いですよね？」

涼也が言うと、原田が驚いたように眼を見開いた。

「前回の面談のとき、原田が屈んだり立ち上がったりするときの様子や、クリームが飛びかかったときに尻餅をつくのを見てそう思いました。里親の資格に六十歳以下の健常者とあるのは、なぜだかわかりますか？」

「私はまだ五十八です。クリームより先に死んでしまうようなことはありませんからご安心を」

「私が気にしているのは、健康寿命です」

「健康寿命？」

鸚鵡返しする原田に、涼也は頷いた。

「原田さんの腰や膝が悪化して、仕事ができなくなったら収入はどうなりますか？　原田さんが寝込んでしまったら、誰がクリームの面倒を見るんですか？　奥様と別居しなければ、収入の面も心配ありませんし、原田さんの具合が悪いときでもクリームに餌をあげ散歩させてくれる人がいます」

「ですから、家内は犬を飼うことを認めては……」

「説得してください。あなたの信念を貫くためやプライドのためではなく、クリームのために。本当にクリームのことを思っているなら、あなたの夢や信念で決断するのではなく、彼の残りの犬生のための決断をしてあげてください」

涼也は、原田の瞳をみつめた。

「わかりました。ですが、どうしても家内が納得しないときはどうすればいいんですか?」

原田が、不安げに訊ねてきた。

「そのときは、クリームの里親になることを諦めてください」

胸奥の疼きから意識を逸らし、涼也はきっぱりと言った。

——この人達が貰ってくれなければ、明日には処分されてしまうかもしれない子達に直面していたら、そうせざるを得ないんじゃないかしら。涼ちゃんが見ているのは、殺処分ゼロの東京だけの平和な保護犬達……だから、簡単に追い返すことができるんじゃないかな。

また、脳裏に蘇る華の声が涼也を苛んだ。

「そうですよね……私が、自分勝手でした。たしかに、私の身体はあちこちにガタがきていて、いつエンストを起こしてもおかしくありません。柴犬は運動量が豊富なので、一日二回は散歩が必要ですものね。家内への意地や自分のプライドを優先して、クリームのことは後回しにしていました。勇気を出して、もう一度、家内を説得してみます」

原田が、なにかが吹っ切れたようなすっきりした表情で言った。

「よかった。ご理解くださり、ありがとうございます」

涼也は、安堵に口もとを綻ばせた。

心のどこかで、原田がクリームの里親になるのを諦めるのではないかという不安があった。

原田に向けた厳しい言葉とは裏腹に、涼也は願っていた。

クリームの里親になってほしいと……。

「いえいえ、礼を言わなければならないのは私のほうです。自分のつまらないプライドと意地に、クリームを巻き込むところでした。明日、早速、家内の家に行きます。なんとか説得して、家内と二人でクリームを迎え入れられるようにしたいと思います」

「愉しみに、連絡を待っています」

涼也が頭を下げるのを合図に、健太がスライドドアを開いた。

「はい。では、失礼します」

アパートに戻る原田の背中は、一回り大きく見えた。

「すみませんでした！」

スライドドアを閉めるなり、健太が頭を下げて詫びた。

「ん？　どうしたんだ？」

「正直、どうして所長は原田さんを里親として認めてあげないのか、納得できませんでした。たしかに嘘を吐いたことはいけないことだけれども、その理由は犬を飼いたいからなのに……里親として認めてあげなければ、家を飛び出した意味がなくなってしまうって……。だけど、所長のクリームの将来を見据えた考えを聞いたときに、俺は自分が恥ずかしくなりました。所長はこんなにも保護犬達のことを深く考えていたというのに、いつもそばで見ていた俺が一瞬でも不満を抱くなんて……マジに情けないっす」

健太が、力なく頭を垂れた。

「気にするな。僕だって、何度もクリームを送り出そうかと思ったよ。でも、情に絆(ほだ)されることがクリームはもちろん、原田さん自身のためにもならないんじゃないか……そう思ったのさ。なにより、原田さんの犬にたいしての気持ちが本当だってわかったから、待つことにしたんだよ」

涼也は、健太の肩に手を置き胸の内を話した。

「じゃあ、原田さんはクリームを飼うことができるって思ってるんすね？」

「ああ。必ず、原田さんの思いは奥さんに通じると僕は信じている」

涼也の言葉に、健太の顔がパッと明るくなった。

「さあ、車を出してくれ」

「どこに行けばいいっすか?」

「恵比寿(えびす)方面に向かってくれ」

涼也はシートに背を預け眼を閉じると、達郎の自宅マンションの住所を口にした。

☆

「達郎さんって、金持ちなんすね〜」

広々としたリビングルームのソファに座った健太が、物珍しそうに室内を見渡した。

恵比寿のマンションには、涼也は華と何度か遊びにきていた。

リビング以外に達郎の書斎と寝室があり、床面積は百平方メートルを超えていた。

三年前に達郎と理恵の結婚式に、涼也と華は招待された。

達郎と華は顔見知りになっていたが、理恵とは初対面だった。

二次会で華と理恵は意気投合し、それから四人で旅行するほどの仲になっていた。

「あら、それだったらいいんだけど、ローン地獄で大変なんだから」

コーヒーを運んできた妻の理恵が、芝居がかった口調で言いながら健太に顔を顰めて見せた。

訪ねたときに達郎はちょうどシャワーを浴びており、理恵が部屋に通してくれたのだ。

事前に電話をしなかったのは、達郎に居留守を使われるのを避けるためだった。

「あ……すみません」

聞こえていたと思わなかったのだろう健太が、バツが悪そうに頭を掻いた。

「いいのよ。あなたは、涼也さんの保護犬施設の人？」

理恵が二人の前にコーヒーを置きつつ、健太に訊ねた。

「はい。松島健太と言います！」

健太が立ち上がり、中学生のように自己紹介した。

「いちいち立たなくていいから」

涼也は苦笑しながら、健太に着席を促した。

「元気があって、頼もしいボランティアさんね」

「お蔭さまで、いい人材にサポートして貰って助かってるよ。突然に押しかけて悪かったね。頂きます」

涼也は理恵に笑顔を向け、コーヒーカップを口元に運んだ。

「水臭いわね。仲直りしたら、また、華さんも誘って四人で飲みに行きましょう」

「あれ、達郎から聞いたんだ」

「ううん、帰ってきてずっと不機嫌だからなにかあったんだろうなと思って。そしたら、涼也さんがアポなしで訪ねてきたでしょう。ねえ、喧嘩の原因はなに？」

理恵が、好奇の表情を作って見せた。

場を明るくするために、わざと野次馬を演じているのがわかった。

「決まってるだろう。涼也の石頭が原因だよ」

バスタオルを腰に巻いた格好で、達郎がリビングに現れた。

「もう、下着くらい着けてきてよね」

理恵が呆れた顔で言った。

「悪いな、勝手に上がって」

「お邪魔してます」

涼也が言うと、健太が頭を下げた。

「悪いけど、ビールをくれないか？　お前らも飲むか？」

達郎は理恵から、涼也と健太に視線を移して訊ねてきた。

「あ、いや、俺は運転がありますから」

「そっか。じゃあ、涼也はつき合えよ」

涼也の正面のソファに座りつつ、達郎が言った。

「俺も遠慮しとくよ。このあと、まだやることがあるからさ」

今夜は「ワン子の園」に戻り、保護犬達の健康チェックをする予定だった。

昼間は散歩や餌やり、里親希望者の面談などで慌ただしく、保護犬達の健康状態に気を配る時間が十分に取れなかった。

もちろん、定期的に獣医師に往診にきて貰い健康診断は行っているが、犬猫は人間に比べて痛みや苦しみにたいして我慢強いので、日頃からマメにチェックしなければ気づいたときには手遅れということも珍しくはない。

人間の一日が一週間に相当するといわれている彼らは、病も数倍のスピードで進行する。

生まれたときから息を引き取るまで大好きな飼い主のもとで過ごした犬達と違う彼らには、健康な状態で少しでも長生きして幸せと愛を体感してほしかった。

「もしかして、『ワン子の園』に戻るのか?」

達郎が、理恵から受け取った缶ビールのプルタブを引きつつ訊ねた。

「ああ、健康状態を診ておきたくて。それに、沙友里ちゃんがまだ残ってくれているんだ」

「まったく、お前は本当に真面目というか融通がきかないというか……明日の朝やればいいじゃないか?」

「朝は朝で、やることがいろいろあってゆっくり診てあげられないんだよ。命に関わる問題だから、時間がどうとか言ってられないよ。まあ、これが俺の性分なのかな」

涼也は、苦笑いした。

「お前って奴は……」

達郎が、まじまじと涼也をみつめた。

「そこが、涼也さんのいいところじゃない」

理恵が、口を挟んできた。

「そんなこと、君より俺のほうが知ってるよ」

照れくさそうに、達郎が言った。

「達郎。今日は、本当に悪かった。保護犬達の里親希望者を増やすために一生懸命に骨を折ってくれたお前の苦労を台無しにしてしまった」

涼也は頭を下げた。

「おいおい、やめてくれ。なんだよ、わざわざ謝るためにきたのか？　とにかく、顔を上げてくれよ。女房の前で、俺が悪者みたいじゃないか」

達郎がおどけた口調で言いながら、あたふたとして見せた。

彼一流の、気遣いだ。

「許してくれるのか？」

涼也は顔を上げ、テレビに出演してくれるのか？」

悪戯（いたずら）っ子のような表情で、達郎が訊ね返してきた。

「『ワン子の園』の子供達をそのまま紹介していいなら、喜んで出させて貰うよ」

「昔から変わらず、筋金入りの頑固者だな」

今度は、達郎が苦笑いした。

「あら、あなた、涼也さんにどんな無理難題を吹っ掛けたの？」

理恵が、達郎を軽く睨みつけた。

「ほら、お前が変なことを言うから……まあ、いいか。それより、先を越されたな」

達郎が、バツが悪そうに言った。

「なにが？」

「俺も、お前の気持ちを考えずに強引過ぎたって反省していたところなんだ。明日にでも、『ワン子の園』に顔を出そうとしていたのにさ。健太や女房の前で、一人だけ好感度あげやがって」

言うと、達郎が涼也の肩を平手で叩いた。

「痛いだろ」

「なに言ってるんだ。シェパードみたいに頑丈な身体しているくせに」

「シェパードだって、叩かれたら痛いんだよ」

涼也は、珍しく達郎の軽口につき合った。

親友と仲直りできたことが、素直に嬉しかったのだ。

「すっかり、高校時代に戻った感じね」

理恵が、二人のやり取りを微笑ましい顔で見守った。

「よかったっす！　二人がらしくなってくれて！」

健太が破顔した。

「でも、これだけは心の片隅に留めておいてくれ。お前が保護犬達を思う気持ちの強さが、逆に彼らを不幸にするときがあるかもしれないってことをさ」

達郎の言葉に、腹立ちも反論する気も起きなかった。

親友が、心から自分を心配してくれているのが伝わったからだ。

「ああ、胆に銘じておくよ」

涼也は、右手を差し出した。

「小学生の仲直りみたいだな」

茶化しつつも、達郎が涼也の右手に右手を重ねた。

涼也のヒップポケットが震えた。

「ちょっと、失礼。あ、沙友里ちゃんからだ」

ヒップポケットから引き抜いたスマートフォンのディスプレイを見て、涼也は言った。

「こんな時間までボランティアしてくれるなんて、お前に気があるんじゃないのか～？」

達郎が、ニヤニヤしながら冷やかした。

「馬鹿を言うな。沙友里ちゃんに失礼だろ。もしもし？　どうした？」

達郎を睨みつけ、涼也は電話に出た。

『所長っ、いますぐ戻ってきてください！』

沙友里の涙声が、受話口から流れてきた。

「どうしたの⁉」

とてつもなく、不吉な予感がした。

『スマイルが……スマイルが……』

「スマイルがどうした⁉」

スマイルは、三年前に動物愛護相談センターから引き取った推定十二歳のゴールデンレトリーバーで、「ワン子の園」最年長の犬だった。

『痙攣して倒れて……いま、獣医さんにきて貰ってますけど、あと一、二時間が峠だって……』

嗚咽に呑み込まれる沙友里の声が、鼓膜からフェードアウトした。

☆

涼也はバンのハンドルを自ら握り、中野へ向かった。

達郎も付いいてきてくれた。

涼也達三人は、「ワン子の園」の建物に駆け込むとスマイルのサークルに走った。

「あ、所長！」

沙友里が、半泣き顔で振り返った。

「スマイル……」

涼也は、点滴スタンドに繋がれ毛布の上でぐったりと横たわるスマイルの脇腹が上下しているのを確認し、胸を撫で下ろした。

「先生、スマイルの容態は⁉」

かかりつけの獣医に、涼也は訊ねた。

「多臓器不全による癲癇(てんかん)発作で倒れたものと思われます」

「多臓器不全……どうして急に……」

涼也の頭は、真っ白に染まった。

スマイルは三年前……九歳の頃に動物愛護相談センターから引き取った雄のゴールデンレトリーバーで、これまで病気らしい病気をしたことがない健康な犬だった。

いつも舌を出し、穏やかな笑顔でいることからスマイルと涼也が名付けた。

本当の名前は知らない。

スマイルは、ある十二月の朝、動物愛護相談センターの敷地にリードで繋がれ放置されていたという。

高齢のスマイルは氷点下の外気に震えており、職員の発見があと十分遅れたら凍死していた可能性もあった。

初めて動物愛護相談センターでスマイルと出会ったときのことを、涼也はいまでも忘れない。

涼也がサークルの前に歩み寄ると、スマイルはいきなり後肢で立ち上がり飛び跳ねながらくるくると回り始めた。

恐らく、飼い主に仕込まれたのだろう。

そして、この芸をすれば飼い主が喜んで褒めてくれたに違いない。

そのとき、涼也は不意に涙が込み上げた。

悲壮感に溢れた表情の保護犬達を数多く見てきたが、そんなことは初めてだった。

悲壮感のかけらもないスマイルの陽気な姿が、逆にせつなかった。

スマイルが捨てられた理由はわからない。

飼い主が経済的に困窮したのか、病気になったのか、亡くなったのか、老犬になり世話が大変になったからなのか……人間側の理由が正当であれ不当であれ、犬達にとっては大好きな飼い主に会えなくなったという戸惑い、不安、哀しみがあることに変わりはないのだ。

涼也は、スマイルを引き取ることを即決した。

正直、九歳のゴールデンレトリーバーに里親希望者が現れる可能性は低いと……犬生の最期を、「ワン子の園」で迎えさせることになるかもしれないという覚悟をした。

それでも、犬の年齢を気にせずにスマイルの性格を気に入ってくれる人が現れるのではないかという希望は捨てていなかった。

そんな涼也の願いが通じ、スマイルを引き取って一年が経つ頃に里親希望者が現れた。

石田という、歌舞伎町のホストだった。

石田は無類の愛犬家で、中でもゴールデンレトリーバーが大好きだという。

涼也も舌を巻くほどの知識を持ち、面会中もスマイルを優しい眼差しでみつめていた。

直感で、本当に犬好きの青年だとわかった。

年齢を気にせずにスマイルを飼いたいというのも、証の一つだった。

当時スマイルは十歳。石田の申し出は願ってもないことだった。

だが、悩みに悩んだ末に涼也は石田を断った。

理由は、石田の不安定な仕事だった。

ホストという職業柄、夕方に家を出て帰ってくるのは翌日の昼頃ということも珍しくはない。

しかも、酒を飲まなければならない仕事なので酔っている可能性が高い。

豊富な運動量が必要なスマイルに、十分な散歩をしてあげられないだろうというのが一番の理由だった。

散歩だけではなく、スキンシップの時間も取れないのではないかという不安があった。

石田が一人暮らしでなければ……同居者が犬好きで一緒にスマイルの世話をしてくれるのならば、多少の心配はあってもスマイルを送り出したかもしれない。

心のどこかで涼也は、石田の若さを心配していた。

飽きてしまうのではないか、スマイルが負担になり動物愛護相談センターに連れて行くのではないか……と。


鼻孔に忍び込む異臭、敷きっぱなしの布団で横になった黒い子犬、そこここに撒き散らされた糞尿、畳に転がった空のボウル、痛々しく浮いた肋骨……。

涼也は慌てて、開きそうになる封印していた記憶の扉を閉めた。

里親希望者に厳しくなってしまうのは、涼也が街金融に勤めていた時代に取り立てに行った債務者の飼い主に捨てられ、密室で孤独のまま置き去りにされ衰弱死した、黒いラブラドールレトリーバーの子犬の姿が脳裏に焼きついているからだった。

石田を断ってから半年が過ぎても、スマイルの里親になりたいという者は現れなかった。

ずっと、心の奥底に燻(くすぶ)っていた後悔——石田を断ってしまった後悔。

涼也は、半年ぶりに石田に連絡を取ってみることを決意した。

自分が断っていながら、虫のいい話だとわかっていた。

しかし、スマイルの限られた犬生を考えれば、恥を忍んで石田に頭を下げることも厭わなかった。

——すみません、断られちゃったんで、もう、別のゴールデンを飼ってます。さすがに、ゴールデン二頭飼いは手が回らなくて……。

石田は半年の間に別のボランティア団体から、保護犬のゴールデンレトリーバーを譲り受けていた。

涼也の危惧していた散歩も世話も、きちんとやっていた。

なにより驚いたのは、石田は犬と過ごす時間を増やすためにホストをやめて、それまでに貯めたお金でシルバーアクセサリーのオンラインショップを始めていた。

ホストという職業と年齢の若さにたいする先入観から、スマイルの里親は無理だと……スマイルがふたたび傷つくのではないかと、勝手に決めつけていた。

違った。

石田のスマイルにたいする愛情は本物だった。

自分は彼の気持ちを信じることができず、スマイルの幸せな犬生を奪ってしまったのかもしれない。

「検査をしてみなければ断定はできませんが、恐らく細菌感染したものと思われます」

「細菌感染ですか⁉」

獣医師の声で、涼也は我に返った。

「ええ。高齢になると、人間と同じで犬も免疫力が落ちます。散歩中に嗅ぐ他の犬のマーキング、他の犬の便、水溜まり、ゴミや落ち葉……あらゆるものから細菌感染する危険性があります。スマイルちゃんの症状から察して、敗血症の疑いがありますね」

「敗血症……」

涼也は絶句した。

敗血症は血液中やリンパに細菌が入り込むことにより発症し、罹患するとほとんどは死に至る恐ろしい病だ。

「先生っ、スマイルは助かりますよね⁉」

涼也は、ありったけの祈りを込めた瞳で獣医師をみつめた。

「今夜を越すのは、難しいかもしれません」

獣医師が、物静かな口調で言った。

「そんな……スマイル……ごめんな」

涼也はサークルの扉を開け、スマイルの苦しげに上下する脇腹を撫でつつ詫びた。

「僕のせいで……あのとき、僕がお前を送り出していれば……」

一日たりとも忘れたことのなかった後悔が、涼也の心に津波のように押し寄せてきた。

「あのとき送り出しておけばって、スマイルに里親希望者がいたんすか?」

背後で、健太の声がした。

「ああ、お前が『ワン子の園』に入る前にな」

達郎が答えた。

その後の二人の会話は、耳を素通りした。

「スマイル……まだ、まだだよ。僕はお前に、なにもやってあげられていないんだから
……」

涼也は、スマイルに語りかけた。

スマイルが助かるなら、寿命が短くなっても構いません。

スマイルが助かるなら、腕でも足でも差し出します。

スマイルが助かるなら……。

神に祈った……思いつくかぎりの交換条件を口にした。

スマイルに犬生をやり直させてくれるなら、なにを犠牲にしてもよかった。

このまま逝ってしまえば……捨てられ、傷ついたスマイルが幸せを掴むチャンスを潰し、生涯を保護犬施設で終わらせてしまうことになる。


祈りが通じたのか、スマイルが薄目を開けた。

「スマイル！　僕だよ。わかるか⁉」

涼也は、スマイルの顔を覗き込み問いかけた。

スマイルは首を擡げ、小刻みに体を震わせながら起き上がろうとしていた。

起き上がりかけては横になり、また、起き上がりかけては横になることを繰り返した。

「おいおい、無理するな。大丈夫か？」

四度目で懸命に上体を起こしたスマイルが、腰を屈める涼也の腕の中に凭れかかるように身を預けた。

「よく頑張ったな、えらいぞ」

込み上げる感情を堪え、涼也は笑顔を作った。

哀しみは、以心伝心でスマイルに伝わってしまう。

病と闘っている子供に、不安を与えたくなかった。

「この調子なら、すぐに元気になるよ」

涼也が頭を撫でると、スマイルが上目遣いでみつめ、床の上で尻尾をゆっくりと左右に滑らせた。

「スマイルは、所長のことが大好きなんですね」

沙友里が微笑み、眼を細めた。

彼女もまた、涙を堪えていた。

「たしかに！　ピクニックに行ったときにみんなで輪になっておいでおいでしたら、迷わず所長のもとに一直線でしたからね！　俺ら、立場なかったっすもんね」

健太が、明るく笑い飛ばした。

彼はまだ、わかっていない。

スマイルに、そのときが近づいていることを……力を振り絞り、別れの挨拶をしようとしていることを。

「お前は、本当に元気なワンコだよ。十二歳なんて、嘘だろう？　逆サバを読んでるんじゃないのか？」

涼也は、スマイルの頭を撫でつつ冗談っぽく言った。

「びっくりです。本当は、とても起き上がれるような状態じゃないはずです」

獣医師の驚きの声が、涼也の胸を締めつけた。

スマイルの頑張りに、胸が張り裂けそうだった。

「病気が治ったら、また、みんなでピクニックに行こうな」

床の上を滑るスマイルの尻尾の振り幅が、大きくなった。

「じゃあ、私、スマイルが大好物の鹿肉バーグをたくさん作るからね！」

沙友里も、スマイルのそばに屈み弾む声で言った。

「俺はカツサンドが好きっす！」

健太が口を挟んだ。

「バーカ、お前の好みなんて、誰も訊いてないんだよ」

達郎が、すかさずダメ出しした。

「お金払うなら、いいわよ」

珍しく、沙友里が冗談を口にした。

「えーっ、人間差別っすよ～」

半泣き顔になる健太に、笑い声が起こった。

みな、笑顔で明るく振舞った。

忍び寄る暗い影を、追い払うように。

「聞いたか？　沙友里ママが、鹿肉バーグを作ってくれるそうだ。愉しみにしてろよ」

スマイルがゆっくりと顔を上げ、涼也をみつめた。

それから大きく口を開け、舌を出した。

「あ、笑った！」

沙友里が手を叩いた。

「最強のスマイルスマイルっすね！」

健太が大声を張り上げた。

「嬉しいか？ よしっ、僕もお前と走っても息切れしないように、明日からジョギング……」

スマイルが突然、涼也の腕の中で崩れ落ちた。

「スマイル！」

涼也は、熟睡したように眼を閉じるスマイルの名を叫んだ。

獣医師が涼也の隣に屈み、聴診器をスマイルの胸部に当て、続いて瞼を指で開いてペンライトの光を当てた。

瞳孔チェックしていた獣医師が、涼也をみつめ小さく頷いた。

「二十二時十五分。スマイルちゃん、安らかに旅立ちました」

獣医師の物静かな声が、遠くで聞こえたような気がした。

瞬間、思考が止まった。

スマイルの被毛に、水滴が落ちた。

水滴が自分の涙だとわかるまでに、しばしの時間がかかった。

沙友里の啜り泣きと、健太の号泣が先ほどと同じように鼓膜からフェードアウトした。

入れ替わりに、誰かの声が聞こえた。


ごめんな……スマイル。

お前の最期を、ここで迎えさせてしまって……。


「そんなこと、ないと思います」

沙友里の涙声が、心の声に重なった。

「え？」

「スマイルは……『ワン子の園』で、大好きな所長の腕の中で旅立つことができて幸せだったと思います」

嗚咽交じりの沙友里の言葉を聞いて、涼也はスマイルにたいしての後悔の念を口に出していたことに初めて気づいた。

「俺も……俺も……そう思うっす！」

健太が、泣きじゃくりながら言った。

涼也はスマイルを抱き締め、頭に頬ずりした。

スマイルの身体は温かく、眠っているようにしか見えなかった。

涼也はスマイルを抱き締める腕に力を込め、眼を閉じた。

瞼の裏の漆黒――スマイルが、微笑みかけてきた。

☆

「虹の橋で、楽しく遊べよ」

健太が、アイスノンを敷き詰めた木箱に横たわるスマイルに鼻声で語りかけつつ頭を撫でた。

虹の橋とは、人間の愛情を受けたペットが死んだあとに集まる場所……天国の少し前にあると言われている。

陽光が降り注ぐ草地や丘陵で、病気や事故で死んだペット達は元気がよかった頃の健康体に戻り、仲間たちと戯れ合い、駆けずり回り幸福な日々を送っているという。

「所長達は、まだ、帰らないんすか？」

泣き腫らした顔をスマイルから涼也達に向け、健太が訊ねてきた。

「ああ。もう少し、スマイルのそばにいるよ」

涼也は、スマイルの〝寝顔〟をみつめたまま力なく言った。

「じゃあ、お先に失礼します」

健太が頭を下げ、フロアを出た。

それからしばらく、沈黙が広がった。

スマイルが眠る木箱を時計回りに、涼也、達郎、沙友里が囲んでいた。

「スマイルが寂しくないように、お気に入りを探してきます」

沙友里が席を立ち、倉庫に足を向けた。

「僕は、間違ってたのかな……」

涼也は、無意識に呟いていた。

「あの、里親希望者のホスト君のことか？」

達郎が、涼也の呟きを拾った。

「ああ……」

「お前が里親を断ったあとに、新しく迎え入れたパートナーのためにホストをやめて家でできるオンラインショップを始めたって奴だろう？」

「里親失格どころか、彼は犬との生活のために職替えするような立派な青年だったよ」

涼也は、抜け殻の口調で言った。

「たしかに、あのときは彼を見誤ったかもな。だが、それは結果論であって、俺が接客していても同じことをしたと思うよ。それよりも、沙友里ちゃんも言ってただろう？　スマイルは、お前のことが大好きだった。お前がスマイルを幸せにした、なによりの証じゃないか」

達郎が、励ますように言いながら涼也の肩をポンと叩いた。

「いいや、違う。スマイルは、全力で愛してくれた。だけど、俺が注ぐ愛はスマイルだけじゃない。でも、彼だったらスマイルのためだけに……」

涼也は、言葉を切った。

「そうかな。多頭飼いしている人の愛情が、一頭に愛情を注いでいる人に負けているとは思わないけど」

「そういうことじゃないさ。保護犬施設のオーナーは、本当の飼い主とは違うってことを言ってるんだよ」

「なんか、がっかりだな」

達郎がため息を吐いた。

「もっと、保護犬達への愛情に自信を持っている奴かと思ってたよ。里親希望者の資格に厳しいのも、それだけこの子達を思う気持ちの強さの表れだと……そう受け取っていたのに、なんだよ、その弱気は？」

「だから、そういうことじゃないって言ってるだろう？　俺達が注ぐ愛と、飼い主が

……」

「同じだよ！」

達郎が強い口調で遮った。

「お前、本当にそんなふうに思ってるのか⁉　そりゃあ、たしかに俺らは常に三十頭の保護犬の世話をしなければならない。一般の飼い主に比べて、一頭の犬に費やせる時間は少ないかもしれない。だけど、この子達への想いでは負けてないはずだろう？　違うか？　自分に自信が持てないなら、この子達を二度と傷つけたくないからとかなんとか偉そうなこと言って、里親希望者を断るなよっ。自分が注ぐ愛に自信を持てないなら、この子達の可能性を奪わずに里親希望者のもとに送り出せよ！　ごめんな、お前の大好きなパパを叱って」

達郎は言い残し席を立つと、スマイルのこめかみにキスをしてフロアを出た。

返す言葉がなかった。

過去に断ってきた里親希望者のもとに行けなかった保護犬達は、いまもここに数頭いる。

面接したのが自分でなければ……里親希望者のもとに送り出してあげていたなら、彼らはいま頃幸せな犬生を送っていたのかもしれない。

「これ、スマイルと一緒に旅立たせてもいいですか？」

数分ほどして、倉庫から沙友里が段ボール箱を抱えて戻ってきた。

箱の中に入ったサッカーボール、テニスボール、ロープ、フリスビーを見て、涼也の目頭が熱くなった。

どれも、スマイルが好きなおもちゃばかりだった。

「いいよ。さあ、君もそろそろ帰らないとね。終電は、まだあるのか？」

涼也は、沙友里に訊ねた。

「達郎さん、帰り際に言ってました。あいつに十字架を背負わせたくないから、厳しく言い過ぎたって」

沙友里が、スマイルが眠る木箱の中にお気に入りのおもちゃを並べながら言った。

「いや、本当のことだから。僕がこの子達のためにと思ってやっていることが、逆に不幸にしているんじゃないか……そう考えていたところだよ」

良心の呵責を感じているわけでも、罪悪感の波に溺れているわけでもない。

涼也は、自らの考えに確信を持てなくなっていた。

「もしそうだとしたら、スマイルは最期の瞬間に所長の腕の中には行きませんよ。スマイルのためにも、これまで通りに強い信念を持った所長でいてください。私は、その里親希望者の方にお会いしたことはありませんけど、これだけは自信を持って言えます。スマイルは、所長に見守られながら虹の橋に行けたことが一番の幸せだったと……。すみません、生意気を言っちゃって」

沙友里が、恥ずかしそうに頭を下げた。

「……ありがとう」

涼也は、無意識のうちに黒いラブラドールレトリーバーの子犬の遺骨が入ったペンダントロケットを握り締めていた。

「前から思っていたんですけど、そのロケット、とても大切にしていますよね」

沙友里が、涼也のロケットをみつめていた。

「ああ。過去から眼を背けないために、つけているんだ」

「え？　どういう意味ですか？」

「いや、なんでもないよ。さあ、もう遅いから帰ったほうがいいよ」

「あっ、話を逸らしましたね！　ずるいですよ！　所長は、どうされるんですか？」

沙友里が笑顔で睨み、訊ねてきた。

「今夜は、スマイルと一緒にいようと思う」

「わかりました。ちゃんと、身体を休めてくださいね。所長が元気で仲間達といることが、スマイルの願いですから。今度、ペンダントの話を聞かせてくださいね！　では、お疲れ様でした」

沙友里がふたたび頭を下げ、踵を返した。

いまは一人になって、じっくりと考えたかった。

沙友里が邪魔なわけではない。

彼女の労りの気持ちが、つらかった。

優しい言葉をかけてもらう資格など、自分にはない。

「本当に僕で……」

涼也はスマイルに語りかけた言葉の続きを、呑み込んだ。

# 5

涼也は、「Z県動物愛護相談センター」の敷地内にバンを乗り入れると建物の前で停車した。

スマイルが旅立って三日が過ぎた。

昨日、葬儀も終わり、スマイルは小さな骨壺に入って「ワン子の園」に戻ってきた。

涼也のペンダントトップのロケットが、二つになっていた。

まだ、当分の間は、哀しみから抜け出せそうにもなかった。

だが、クヨクヨしてばかりはいられない。

涼也は、スマイルのためにも新たな第一歩を踏み出すと決めた。

「ワン子の園」の子供達の犬生を預かる立場として、痛ましい現実から背を向けるのはやめにした。

華が異動になってから新しい職場を訪れるのは、初めてのことだった。

涼也は、スマートフォンのデジタル時計に視線を落とした。

AM11：50——昼休みに入る時間を狙い、訪れたのだ。

予め電話を入れなかったのは、避けられる恐れがあったからだ。

車の気配を察したのだろう、犬達の吠える声が風に乗って聞こえてきた。

無意識のうちに、避けていた——眼を逸らしていた。

東京都と違いZ県のセンターでは、一定期間を過ぎても引き取り手のない犬や猫は殺処分されてしまう。

悲痛な現実を正視することを、恐れている自分がいた。

だが、そんな耐え難い現実を華は、毎日目の当たりにしているのだ。

——殺処分に携わる私達が、仕方のないことだと割り切っていると思ってるの⁉

あの日、華が「ワン子の園」を訪れて以来、彼女とは顔を合わせていなかった。

涼也はバンを降りると、建物の正面玄関に向かった。

「あの、すみません」

建物から出てきた白髪交じりの職員らしき中年男性に、涼也は声をかけた。

「はい、なんでしょう?」

中年男性が足を止めた。

「小寺華さんは、いらっしゃいますか?」

「失礼ですが、どちら様ですか?」

「あ、小寺さんの友人の沢口と申します」

「もしかして、保護犬施設の方ですか？」

「え……はい、そうですけど、どうしてそれを？」

涼也は質問を返した。

「小寺君から、よくあなたのお話を聞かされています。私の婚約者は、日本一の犬バカだって」

言って、中年男性が朗らかに笑った。

下膨れの頬に笑うとなくなる柔和な目は、七福神の布袋様のようだった。

「申し遅れました。私、センター長の酒井です」

中年男性……酒井が名刺を差し出してきた。

「小寺がお世話になっています。改めまして、『ワン子の園』の沢口と申します」

涼也も、名刺を差し出した。

「いやいや、非常に優秀な働きで、助けられているのは私のほうですよ。小寺君は、裏庭にいるはずです」

「裏庭？」

「ええ。いま、ご案内します」

酒井が、建物の脇の細い通路に入った。

涼也はあとに続いた。ほどなくすると、屋根付きの広いサークルが現れ、五頭の犬が涼也を認めると柵に駆け寄ってきた。

涼也は足を止めた。

五頭とも、柴犬より一回り大きな中型犬の雑種だった。

「この子達はね、保護期限の過ぎた犬です」

涼也の心を見透かしたように、酒井が言った。

「でも、保護期限が過ぎたら……」

口に出かけた疑問を、涼也は呑み込んだ。

「はい、規則では殺処分することになっています。でもね、たとえ数日でも一緒に過ごしたこの子達の命を奪うのは心が痛みます。だから、こうやって規則を破ることもあるんですよ」

酒井の眼が、糸のように細められた。

穏やかな口調だが、彼の言葉は涼也の胸を貫いた。

「一日でも、一時間でも、時間稼ぎをしたいんです。悪足掻き(わるあが)きかもしれないんですけど、もしかしたら、里親やあなた達みたいな保護犬施設の方が現れるんじゃないかってね。しかし、東京都と違ってZ県にはそういった施設の数も少なくて、その上、雑種の成犬ですからなかなか難しくて。悪足掻きにも限界があります。一部の運のいい子を除いてほとんどの子は、数週間寿命が延びただけの話なんですがね。でも、〇・一パーセントでも可能性のあるかぎり、奇跡を諦めたくないんですよ。普通に犬生を全うさせてあげたいというあたりまえのことを、奇跡なんて表現しなければならないんですから、たまらないですね」

　穏やかな笑みを湛える酒井の眼に、うっすら光るものが見えたような気がした。

　――一頭、二頭、三頭……殺処分される犬猫を目の当たりにしているうちに、一頭目のときに心に受けた衝撃を、百頭目のときも感じることができるかが心配なんだ。

　ふたたび脳内に、華に投げかけた言葉が蘇った。

　殺処分が行われているという理由だけで、決めつけていた。

　彼らに責任はない、彼らも苦悩していると頭では理解していたが、心の奥底で釈然としない思いが澱（おり）のように溜まっていた。

「この子がケイジ、ハリウッド俳優のニコラス・ケイジに似てるから」

　酒井が柵越しに鼻面を撫でる焦げ茶色の被毛のケイジは、両目の上にゲジゲジ眉のような黒い斑点があった。

「この子は吠え声が低いからアルト、この子はウチにきたときが十二月二十四日だったからイヴ、この子は……」

一頭、一頭の名前の由来を語りつつ紹介する酒井の彼らに注がれる眼差しは、「ワン子の園」のボランティアと同じだった。

「すみませんでした」

無意識に、思いが口に出ていた。

「え？」

酒井が、怪訝そうな顔で振り返った。

「僕、殺処分を行っている動物愛護相談センターに対して先入観を抱いていました。どうして、正視できるんだろう……もしかしたら、慣れというものがあるのかなって。本当に、すみません」

涼也は、弾かれたように頭を下げた。

「頭を上げてください。あなたは、小寺君から聞いた通りの実直な方なんですね」

酒井が、微笑んだ。

「え……華がそんなことを？」

「ええ、私の婚約者は、損得を考えないで自分の信念に向かって突き進む鉄の猪みたいな人だってね」

おかしそうに笑いつつ、酒井が言った。

「いや、そんなに強い信念なんてありませんよ」

本音だった。

保護犬達にたいしての向き合いかたに自信を失っている自分は、鉄どころか粘土細工の猪だ。

「本当に強い人は、みな、そうやって否定するものです。強がっている人ほど、傷つきやすく繊細な心の持ち主ですよ。あなたの、婚約者さんみたいにね」

「えっ、それはどういう意味ですか?」

「行けばわかります」

意味深に言い残し、酒井が歩を踏み出した。

わけがわからず、涼也は酒井の背中に続いた。

酒井が建物の角を曲がり、足を止めると前方を指差し涼也を振り返った。

涼也は、酒井の指先を追った。

十メートルほど先に屈んでいる女性の背中……華の背中が見えた。

声をかけようとした涼也に、酒井が唇に人差し指を立てて見せた。

華は、一メートル四方の石碑に向かって手を合わせていた。

涼也は、背伸びをして華の肩越しに……石碑に視線をやった。

「慰霊碑……」

涼也は、石碑に刻んである文字を口にした。

慰霊碑の周囲には、花が添えられていた。

「ここで殺処分されたり、怪我や病気で亡くなった動物達のお墓です。毎日、小寺君は昼休みの時間にあやって、掃除をしたり、お花が萎れていたら替えたりして、お参りしているんですよ」

潜めた声で、酒井が言った。

「毎日ですか？」

涼也も、囁き声で訊ね返した。

「ええ、毎日です。ここに異動してきてから、雨の日も欠かしたことはありません。長いことこの仕事をやっていますが、彼女みたいな職員は初めてです」

婚約者を褒められた嬉しさより先に、罪悪感に襲われた。

――つまり、私が犬猫の殺処分に麻痺して、あたりまえのことのように受け止めていないかを心配してくれているってわけね？

――気を悪くしないでほしい。それが、人間だから。でも、人間に免疫ができても、処分される犬や猫はそうじゃない。犬猫にとっての事実は、信頼している人間に手放され、結果、命を奪われる。人間側の葛藤は、残念ながらこの子達には通じないんだ。

脳裏に蘇る自らの言葉に、涼也は拳を握り締めた。

愚かすぎる……涼也は、唇をきつく噛んだ。

心を寄り添わせているつもりだった——華を一番理解しているのは、自分だと思っていた。

呆れた思い違いだった。

殺処分ゼロの東京都からZ県の動物愛護相談センターに異動になり、犬や猫の死が日常になっていた華の苦しみなど、少しもわかっていなかった。

「あんなに素晴らしい女性と人生を共にする沢口さんは、本当に幸せ者ですね」

酒井の言葉が、耳を素通りした。

「さあ、私達も一緒に供養を……」

足を踏み出しかけた酒井の腕を、涼也は摑んだ。

「どうしました？」

「僕、急用を思い出しましたから帰ります」

「じゃあ、せっかくいらっしゃったのですから、顔だけでも見せてあげてください。小寺君も、喜ぶと思います」

「いえ、却って気を遣わせてしまいますので、このまま失礼します。彼女には、僕がきたことを言わないで貰えますか？」

「あ、はぁ……わかりました」

酒井が、訝しげな顔で頷いた。

「ありがとうございます。それでは、これで」

踵を返した涼也は、逃げるようにその場をあとにした。

駐車しているバンまで走った。

華に、合わせる顔がなかった……言葉をかける資格もなかった。

ドライバーズシートに乗り込んだ涼也は、シートに倒れるように背中を預け眼を閉じた。

瞼の裏に、スマイルの顔が浮かんだ。

いつもの笑顔ではなく、なにかを訴えるような瞳で涼也をみつめていた。

「わかったよ……」

涼也は眼を開けると勢いよくシートから起き直り、ふたたびバンを降りるといまきた道を全速力で引き返した。

スマイルと約束したのだ。

「ワン子の園」の子供達の犬生を預かる立場として、痛ましい現実に背を向けないことを……。

☆

Z県動物愛護相談センターの敷地を出た華は、早足で通りを歩いた。

慰霊碑の前で涼也を認めた華は、酒井に近所のカフェに行くことを告げ涼也を促すように歩き始めた。

涼也にたいしては声をかけるどころか、視線を合わせようともしなかった。

やはり、華は怒っているのだろう。

彼女の葛藤を慮ることもせず、非難めいた言葉を浴びせた自分を許せないと思うのも無理はない。

華が入ったのは、五十メートルほど離れた場所にある「オアシス」というレトロな喫茶店だった。

少し躊躇ったが、涼也もあとに続いた。

「いらっしゃい。昼休憩の時間にくるなんて、珍しいのう」

カウンターの奥から、白髪のポニーテイルに白い葉巻髭を蓄えたマスターが華を認めて目尻の皺を深く刻んだ。

臙脂色のソファ、古ぼけた木のテーブル、ステンドグラス風のランプ……十坪そこそこの店内は、昭和レトロな雰囲気に満ち溢れていた。

「あら、仕事終わりにしか、きちゃいけないんですか？」

華は言いながら、カウンターの一番奥に座った。

華のリラックスした口調で、マスターに気を許していることが窺えた。

「相変わらずのじゃじゃ馬じゃのう。いつものでいいかな？」

「お願いします」

華とマスターの以心伝心ぶりに、涼也は軽い嫉妬を覚えた。

「ところで、所在なげに立っているそこのお兄さんは、華ちゃんのお連れさんかな？」

マスターが、入り口に立つ涼也に視線を移しつつ華に訊ねた。

「なにしてるの？　座れば？」

振り返らずに、華が言った。

涼也は、華の隣のスツールに腰を下ろした。

「はい、どうぞ。いつものやつ」

マスターが、華の前にプリンを置いた。

コンビニエンスストアで売られているような白っぽいタイプではなく、茶色がかった濃厚そうな昔ながらのプリンだった。

「お兄さんも同じものかな？」

マスターが、涼也に注文を訊ねてきた。

「え……いや……僕は……」

「ここのプリンは最高だから、食べておいたほうがいいわよ。それに、甘いものは疲れを癒してくれるから」

「じゃあ、僕も同じのください」

華が言いながら、スプーンで掬ったプリンを口もとに運んだ。

正直、いまは甘い物を食べたい気分ではなかったが、せっかく華が勧めてくれるので注文することにした。

「忌み嫌っている私の職場を訪ねてくるなんて、どういう風の吹き回し？」

「忌み嫌ってなんかいないさ。でも、ごめん。僕が悪かったよ」

涼也は、素直に詫びた。

「急にどうしたの？　私が慰霊碑で祈っていたのを見たから？」

相変わらず、華は涼也のほうは見ずに質問を重ねた。

「正直、それもある。君の苦しみもわからずに、ひどいことを言ってしまったよ」

「私が殺処分された子達の慰霊碑の前で手を合わせていたから、謝るの？　自分への罪悪感を和らげるために、そうしているかもしれないでしょう？」

「え……」

「もちろんそんなことはないけれど、そうしている私を知らなくても、わかってほしかった」

華が、寂しそうに言った。

「そうだね。いまでも殺処分される犬や猫がいるという事実にばかり囚われ、憤りや焦りに翻弄(ほんろう)されて君の心情を察することができなかった。本当に、ごめん」

「そんなふうに何度も謝られていると、私が怖い女みたいだからやめてよ」

「ごめん」

「ほら、また」

華が、涼也を軽く睨みつけてきた。

「おやおや、怖い女と違うのかな?」

マスターがからかうような口調で言いながら、涼也の前にプリンを載せたガラスの器を置いた。

「もう、マスターまでひどいわね」

華が、頬を膨らませて見せた。

なぜ、彼女がここに通っているのかわかるような気がした。

人を食ったような惚けた感じのある老人だが、マスターを見ていると不思議と癒される。

華も、この店にくることで精神的均衡を保っているのかもしれない。

「しょうがないから、鈍感な婚約者を許してあげる。でも、一つだけ条件があるわ」

「なんだい？」

「はい、あ～んして」

華が、涼也のプリンを掬ったスプーンを口もとに運んだ。

「それはちょっと……」

涼也は、マスターの眼を意識して言った。

「わしなら、眼が見えんから安心せい」

サイフォンにコーヒー豆を入れつつ、飄々とした口調でマスターが言うと片目を瞑った。

「いや、でも……」

「あ、許して貰えなくてもいいんだ？」

「わかったよ」

涼也は、スプーンのプリンを口にした。

濃厚で懐かしい味のプリンに、心が安らいだ。

甘い物が人を幸せな気持ちにするというのは、どうやら本当のようだ。

「どうだ？　ウチのプリンはうまいじゃろう？」

得意げに訊ねてくるマスターに、涼也は笑顔で頷いた。

「最近、なにかあった？」

異変を察したように、華が涼也の顔を覗き込んできた。

「どうして?」

「だって、私が異動になっていままで一度もこなかったのに、いきなり訪ねてくるからさ」

「うん……」

涼也はプリンのスプーンを置き、呼吸を整えた。

「なによ? もったいぶらないで……」

「三日前……スマイルが虹の橋に旅立ったよ」

「え……」

華が表情を失った。

「先生の話では、死因は敗血症……散歩中に細菌感染した可能性が高いと言ってたよ。スマイルは僕の腕の中で、最期はとびきりの笑顔をみせてくれた。里親を見つけてあげられないまま、施設で死なせたことが申し訳なくて……」

涼也は、震える語尾を呑み込んだ。

スマイルが亡くなって三日……胸奥に封じ込めていた懺悔の念が、華に話したことで噴出した。

きつく奥歯を嚙み締めた——唇を引き結び、涙を我慢した。

目の前に、コーヒーが置かれた。

「これ……」

「サービスじゃよ。甘いもののあとは、苦いものにかぎる。逆もまた然り。人生も、そんなことの繰り返しじゃ」

マスターが、目尻の皺を深く刻んだ。

さりげない一言が、胸に染み渡った。

「そういうところ、直したほうがいいわよ」

華が、涼也のほうに身体を向けて言った。

「自分の感情を基準にして、人の感情を決める。みんな、感じかたはそれぞれなの。スマイルだって、そうよ。あなたが自責の念に駆られていても、スマイルが同じだとはかぎらない。私は逆に、里親がみつからなくて幸せだったと思うわ。スマイルは、最期まで涼ちゃんと一緒にいることを選んだのよ」

「君も知っての通り、僕は里親希望者に厳し過ぎる。スマイルを引き取りたいって男性を、ホストという職業だけで先入観を持って断ってしまったこと……前に話したよね？」

「ええ、涼ちゃんが断ったあとに別の犬を飼って、ホストをやめて立派に世話をしていたっていう話よね？」

涼也は頷いた。

「たしかに、彼は適さないと決めつけてしまったのは反省すべきことね。でも、涼ちゃんのことが大好きなスマイルにとっては、それはラッキーな出来事だったんじゃないかしら？」

華が、さらっとした口調で言った。

優しさの押し売りはしない。だめなことはきちんと指摘した上で、自分の考えを口にする。

涼也はそんな華のことを誰よりも信頼し、尊敬していた。

「そうなのかもしれない……そうだとしても、僕のやったことは消えない……」

「休憩終わり！　戻るね。私は、涼ちゃんみたいに暇じゃないの。自分を責めている暇があったら、殺処分から一頭でも多くの命を救わなきゃならないからね」

涼也を遮るようにスツールから立ち上がった華が、カウンターに千円札二枚を置いた。

「私が誘ったから奢ってあげる。じゃあ、マスター、あとはよろしくね！」

「あ、ちょっと……」

華が一方的に言い残し、マスターに手を上げると弾む足取りで店を出た。

「せっかく淹れたサービスのコーヒーを、飲んで行かん気か？」

千円札を手に取り華を追いかけようとした涼也は、マスターの言葉でスツールに腰を戻した。

「今日はプリンもサービスするつもりだったから、あとで返せばいい」

マスターが自らもコーヒーを飲みながら言った。

「お気持ちはありがたいですけど、なにもかも奢って貰うのは申し訳ないです」

「勘違いするんじゃない。お前さんのためじゃない。華ちゃんのためじゃよ」

言うと、老人は不自然に白い歯を剝き出して笑った。

「では、ご馳走になります。ありがとうございます」

これ以上遠慮するのは逆に失礼に当たると思い、涼也は素直に好意に甘えることにした。

「のう、お兄ちゃん。ウチはカレーが人気の店じゃが、中でも一番注文の多いカレーはなんだと思う？」

マスターが開いたメニューを涼也の前に置き、唐突に訊ねてきた。

メニューには、ビーフカレー、チキンカレー、ポークカレーと三大カレーの名前が書いてあった。

「チキンカレーですか？」

「いいや、牛を殺して肉を刻んで入れたビーフカレーじゃ」

「え……」

マスターの生々しい説明に、涼也は二の句が継げなかった。

「因みに二位は、鶏を殺して肉を刻んで入れたチキンカレーじゃ」

ふたたび、マスターが生々しく説明した。

「……あの、その表現、残酷じゃないですか」

遠慮がちに、涼也は言った。

「ん？　なんでじゃ？　事実じゃろうが？　綺麗なＯＬさんも、優しそうな主婦も、無邪気な小学生も、みな、殺して切り取った肉を煮込んだカレーライスを嬉しそうにガツガツ食ってるじゃろう？　カレーだけじゃないぞ。ステーキもそうじゃ。牛の背肉を切り取ったサーロインやリブロースを脂が乗って口の中で蕩けるだの、舌を引っこ抜いた牛タンを分厚くてジューシーで旨味が出てるだの、無理やり大量の餌を食べさせたガチョウやアヒルを殺して抜き取った肥大した肝臓を、着飾ったお嬢さん達が、こんなの初めて、もう死んでもいい、とかなんとか、幸せそうに食っておる。わしはなにか、嘘を言っておるか？」

矢継ぎ早に生々しい表現を連発するマスターに、涼也は戸惑った。

なぜ突然にマスターが、こんな言葉を並べ立てるのか真意を測りかねていた。

「いえ……でも、さっきから表現が残酷で……」

「その残酷なことをやっておるのが、わしら人間じゃ。生きるためにほかの動物を殺して食らう。味を楽しむためにほかの動物を殺して食らう。お洒落するためにほかの動物を殺して毛皮を剝ぐ。精力をつけるためにほかの動物を殺して酒に漬ける。どうじゃ？　人間とは、悪魔みたいな生き物だと思わんか？」

マスターは、淡々と言葉を続けた。

「そうですね。でも……」

涼也は言い淀んだ。

「でも、なんじゃ？　犬の殺処分の残酷さ、非人道的な行いを訴えているときに、でも、って言われたらお前さんはどう思う？　だが、なにが違う？　人間の胃袋を満たし舌を喜ばせるために殺される牛や豚や鶏と、殺処分される犬や猫と？　違いは生きるため？　そんなもん、人間の勝手な言いぶんじゃ」

マスターの言葉が、涼也の胸を貫いた。

返す言葉がなかった。

あたりまえにみながやっていることとはいえ、人間の都合で生き物の命を奪っている事実に変わりはない。

「なんじゃ、そのこの世の終わりみたいな顔は？　勘違いするな。わしは、それを咎めとるわけじゃない。逆じゃ」

「え？」

「お前さんを含め、誰しも殺生はしておる。もちろん殺生を推奨しとるわけでもないが、お前さんのように死んだワンコのことを自分の責任だなんだと自責の念に駆られる必要はないと言っておるんじゃ」

「いや、でも、それとこれとは話が違いますよ」

マスターの言っていることはわかるが、涼也は自らを正当化する気にはなれなかった。

「できうるかぎりの愛情を傾けたワンコが死んだことをいつまでも引き摺るのは、わしやお前さんが食うために殺されて肉を刻まれ内臓を抜かれてる牛さんや豚さんや鶏さんに申し訳が立たんというもんじゃ。のう?」

マスターが片目を瞑った。

過激な表現だが、マスターの言葉の端々には涼也にたいしての励ましが感じられた。

「なんか……すみません。僕を気遣ってくださり、ありがとうございます」

涼也は、素直に礼を言った。

「別に、気遣ってはおらんさ。わしは、本当のことを言ったまでじゃ。あんたは、やれることはやっておるだろう。華ちゃんから、いつも聞かされておるよ。お前さんは自分を犠牲にして、保護犬達のことを二十四時間三百六十五日考えてるような人だとな。幸せそうな顔で、毎日わしはのろけられておるよ」

マスターが、掠れた声で笑った。

華が、自分のことをそんなふうに誰かに話していたとは思わなかった。

「そんなにたいしたものではありません。試行錯誤の毎日です。保護犬達のことを考え過ぎて、里親希望者にたいして審査が厳しくなってしまうんです。華に言われました。いつ殺されてもおかしくない犬猫を日常的に見ている環境にいたら、どんなに里親希望者が有難いかっていうことを。思い知らされました。僕は殺処分ゼロの東京という恵まれた環境にいるから、彼女の気持ちを理解できていなかったんだと」

涼也はコーヒーを流し込んだ。

口内に広がる苦味が、いまは心地よかった。

「今日、彼女の職場を初めて訪れました。慰霊碑の前で手を合わせている華の背中を見たときに、改めてそう思いました。自分だけがやってるつもりになって、自分だけがつらいつもりになって、彼女の苦悩と葛藤を少しも……」

「ほらほら、また始まった」

自責の念に駆られる涼也を、マスターが呆れた顔で遮った。

「牛を殺して切り取った肉を焼いたり湯にくぐらせたりして食ってる人間が、犬猫を救える救えない、彼女の気持ちをどーちゃらこーちゃら自分を責めておる。端から見ておったら滑稽で仕方ないわ。いいか？　わしら人間は欠陥だらけの生き物じゃ。間違いを犯しながら成長する生き物じゃ。もし神様が過ちを罪だとしているならば、人間を完璧に作ったはずじゃろう？　だが、わしらを未完成のままこの世に送り出した。なぜだかわかるか？　それは、失敗から学びながら私に近づきなさい……そういうメッセージなんじゃよ。完璧な人間は修行が終わり、二度と人間界に転生することはない。つまり、この世にいる人間は、どんなに立派に見えても欠陥品ということじゃ」

「欠陥品……ですか」

「そうじゃ。お前さんもしょせん、動物を殺して食ってる欠陥品に過ぎん。欠陥車がエンストするのが当たり前のように、わしら欠陥品が過ちを犯すのはあたりまえじゃ。肝心なのは、失敗から学び歩き出すことじゃ。そしてまた過ちを犯せば学び、歩き出す。そうやって、一段、一段、成長の階段を上ってゆくもんだ」

マスターが音を立ててコーヒーを啜った。

「ライオンやトラの眼が前についとるのはなんでだと思う？」

唐突に、マスターが質問してきた。

「え……」

「答えは、獲物を追うためじゃ。シマウマやシカの眼が横についとるのは、危険をいちはやく察知するためじゃ。なら、人間の眼が前についてるのも、獲物を追うためだと思うか？」

ふたたび、マスターが質問してきた。

「いや、どうでしょう……」

「前に歩くためじゃよ」

答えを模索する涼也に、マスターが言った。

「前に……」

涼也は呟いた。

マスターの言葉に、心の中の靄が晴れたような気がした。

「そうじゃ。失敗から学ぶたびにわしらは、成長しておるんじゃよ」

「ありがとうございます。マスターのお話を聞いて、いかに自分が狭い視野で物事を見ていたかがわかりました」

「そりゃあよかった。お前さんの開眼祝いに、カレーもサービスしてやるから食って行け。牛と豚と鶏の刻んだ肉、どれがいい？」

マスターが、意地悪っぽく前歯を剝き出し笑った。

「お気持ちだけ、頂いておきます」

涼也は苦笑いを返し、コーヒーを口にした。

不思議と、さっきより苦さを感じなかった。

# 6

午前八時。朝食の匂いを嗅ぎつけたフロアの保護犬達が一斉に吠え始めた。

正確に言えば、匂いではなく習慣だ。

ドッグフードを入れる前から、ステンレスボウルが触れ合う音がしただけで「ワン子の園」は賑やかになる。

「モモ、トップ、おはよう！　ご飯だよ」

涼也はカゴに入った小のボウルをトイプードルのモモのサークルに、中のボウルを柴犬のトップのサークルに置いた。

二匹とも、ボウルに鼻面を突っ込み勢いよく食べ始めた。

「ビッグ。おはよう！　たくさん食べて、名前に追いつくんだぞ」

先月から「ワン子の園」に新しく迎え入れた、イングリッシュポインターのビッグのサークルに涼也は声をかけながら、大のボウルを置いた。

ビッグは雄の三歳で、保護したときは痩せ細り平均体重を遥かに下回っていた。

八王子の山で猟師に捨てられ、自力で人里まで下りてきたところを通報を受けた動物愛護相談センターの職員に保護されたのだ。

哀しいかな、ポインターやセッターなどの猟犬が山に置き去りにされるのは珍しいことではない。

一部の心ない猟師は二月十五日に猟期が終われば、次に猟期の始まる十一月十五日までの九ヵ月間の飼育費と労力を惜しんで、猟犬を使い捨てにするのだ。

猟期の直前に、新しい猟犬を買ったほうが安くつくという信じられない理由だ。

スマイルがいなくなって一ヵ月が経ち、空いたサークルに迎え入れたのがビッグだった。

涼也の心の傷は癒えてはいないが、それでも「オアシス」のマスターと話して前向きになれた。

ここにいる保護犬達の将来のためにも、いつまでも葛藤したり哀しんでばかりいられない。

ビッグが、ガツガツと食べ始め二、三分でボウルを空にすると物欲しそうな顔で涼也を見上げた。

「偉いぞ。でも、一度に食べ過ぎたら胃に負担がかかって戻しちゃうからね」

涼也は、ビッグの頭を撫でつつ言った。

「メッセージを聞いたら、すぐに連絡をちょうだい」

沙友里が、トイレシートの交換後、誰かの留守番電話機能にメッセージを入れていた。

「どうしたの？」

涼也は訊ねた。

「今日、勤務先のペットショップでローテに入っていたトリマーが熱で出られなくなっちゃって、それで、昨夜から亜美に電話しているんですけど……」

沙友里が、困り果てた表情でスマートフォンのディスプレイをみつめた。

「出ないの？」

「はい。昨夜からずっと……」

「それは心配だね。どうしたのかな。とりあえず、沙友里ちゃんは店に出たほうがいいよ」

「でも、所長一人になってしまいます」

沙友里が、フロアを見渡した。

三十頭の保護犬達の朝食が終わったら、順番に朝の散歩に連れて行き、十時からは里親希望者の面会が始まる。

二人でようやくこなせるルーティンで、沙友里が心配するように一人だと手が回らない。

だからといって、沙友里の本業に支障が出るのはまずい。

あくまでも沙友里はボランティアであり、彼女の善意を仇で返すのは本末転倒だ。

「僕は大丈夫。なんとかするから」

「一人じゃ無理ですよ。亜美以外にも電話してみますから」

「いや、君は行ってくれ。僕のほうこそ、健太か達郎にヘルプを頼んでみるから」

「じゃあ、せめて健太君か達郎さんが到着するまでここにいます」

沙友里は、強い意志の宿った瞳で涼也を見据えて譲らなかった。

「だけど、二人の都合がついてもすぐにこられるかどうかわからないし」

「だったら、なおさらいます」

一度言い出したら聞かない頑(かたく)なな一面が、沙友里にはあった。

「店は十時からだったよね？」

「はい」

「じゃあ、あと一時間だけ……九時までお願いするよ」

「十時からは里親希望者が……」

涼也の肩越しに顔を向けた沙友里が、眼を見開いた。

「亜美！」

振り返った涼也の視線の先……ドア口に、パグを抱いた亜美が立っていた。

「何度も連絡したのよ⁉」

沙友里が亜美に駆け寄り、咎めるように言った。

「すみません……」

消え入るような声で、亜美が詫びた。

「あんこちゃんをどうして連れてきた……あら、前足を怪我しているの？」

沙友里が、パグ……あんこの右前足に巻かれた包帯に視線を向けつつ訊ねた。

突然、亜美が泣き崩れた。

「亜美、どうしたの⁉」

沙友里が、驚いた顔で声をかけた。

「とりあえず、亜美ちゃんをこっちに」

涼也は、沙友里に亜美を応接ソファに座らせるように促した。

☆

「なにがあったか、話してくれない？　あなたが泣いているのと、あんこちゃんの右足の怪我は関係しているの？」

亜美の隣に座った沙友里が、質問を重ねた。

あんこを抱き締めた亜美は、嗚咽を漏らしていた。

「父が……あんこを……」

しゃくり上げながら、亜美が言った。

「お父さん？」

涼也は訊ねた。

「亜美は、お父さんと二人暮らしなんです」

沙友里が代弁した。

「まさか、お父さんがあんこちゃんを怪我させたの⁉」

沙友里の問いかけに、亜美が涙顔で頷いた。

「だって、お父さん、犬好きだったじゃない」

どうやら、沙友里は亜美の父親を知っているようだった。

「最近、仕事のストレスでイライラすることが多くなったみたいで、お酒を飲んだらあんこに当たるようになって……」

亜美が、涙声を震わせた。

「お父さんは、どんなお仕事？」

「警察官です」

涼也が訊ねると、沙友里がふたたび代弁した。

「警察官？　あんこちゃんの前足の怪我は、いつのもの？」

涼也は思わず鸚鵡返しに言ったあと、亜美に視線を移した。

「昨日の夜、お酒を飲んでいた父が私の仕事にあれこれ文句をつけてきて、口論になったんです。怒った父が、あんこに八つ当たりして飲みかけの缶ビールを投げて……。掠った程度だから皮膚を擦り剝いたくらいで済みましたけど、ここのところ酔うとあんこを怒鳴ったり叩いたり……だから、すっかり父を怖がってるんです。この調子だと、あんこがそのうち大怪我するんじゃないかと不安で……」

亜美が、あんこを抱き締めつつ消え入る声で言った。

「缶ビールを投げつけたですって⁉　当たり所が悪かったら命にもかかわるのよ！　警察官なのに、なんて人なのかしら！」

沙友里が、怒りに声を上ずらせた。

「亜美ちゃん、仕事のことってペットショップ？　それともウチを手伝っていること？」

「両方です。父は昔から私がトリマーや保護犬ボランティアをやっていることに猛反対していました」

「どうして、お父さんは反対したのかな？」

「犬とか猫の毛を切ったりシャンプーしたりしてなにになる？　捨てられた犬の世話をしてなにになる？　もっと世の中のためになることをしなさい……それが、父の口癖でした。父は、私に看護師か警察官になってほしかったんです」

「なによそれ？　看護師や警察官が立派で、トリマーや保護犬ボランティアは世の中のためにならないっていうの⁉……あ、ごめんね、大声出しちゃって」

亜美の父にたいし怒りを露わにしていた沙友里が、我を取り戻しあんこの頭を撫でた。

「娘のことを案ずるのはどこの親もそうだから気持ちはわからないでもないけど、あんこちゃんに当たるのはなんとかしなきゃね。沙友里ちゃんが言ってたけど、お父さんはもともと犬好きだったんだよね？」

涼也は、なぜ犬好きの人間が虐待的行為をするようになったのかの理由に、今回の問題の秘密が隠されているような気がしてならなかった。

「はい。熱烈に、というほどではありませんが、暇なときはあんこの散歩もしてくれていましたし、人並みに犬好きでした。でも、父の夢に私が背いてから、まずは私に当たりが強くなって、それが、原因は犬にあるっていうふうになってきて……」

亜美が言葉を切り、唇を噛んだ。

「なるほど、坊主憎けりゃ袈裟まで憎いか……」

涼也は、ため息交じりに呟いた。

「坊主……なんですか？」

沙友里が、怪訝な顔を涼也に向けた。

「諺で、憎んでいる人にたいしては、その人に関することや物まですべてが憎くなってしまうというたとえさ」

「亜美のお父さんは、実の娘を憎んでいるんですか⁉」

沙友里が、驚きの表情で言った。

「もちろん、それはないよ。ただ、愛憎という言葉があるだろう？　お父さんは、亜美ちゃんかわいさに男手一つで懸命に育ててきたんだと思う。看護師や警察官にならせたかったのも、娘が将来苦労しないように安定した職業に就いてほしいという親心だったんじゃないかな。でも、亜美ちゃんが選んだのは犬猫を相手にする仕事だった。もしかしたら、お父さんからすれば、犬に娘を奪われたような気になったのかもしれない。奪われたは大袈裟だとしても、娘の人生を邪魔したと……それからお父さんは、犬を目の敵にするようになった。あくまでも、僕の憶測に過ぎないけどね」

「そんな……あんこは、なにも関係ないんですよ！」

沙友里が、憤然とした面持ちで言った。

「たしかに、その通りだ。その後、お父さんはどんな感じなの？　謝ったりはしてくれないのかな？」

酒癖の悪い人間は素面のときはおとなしく理性的で、人にも自分にも厳しく、その反動でアルコールが入ると箍が外れて人格が豹変する者が多いのが特徴だ。

酔ったときの狼藉は覚えておらず、指摘されたら素直に謝り、そして酔うとまた同じ過ちを繰り返す。

亜美の父親も、そんなタイプなのかもしれない。

「翌日、謝ってくれました。動物病院に連れて行ったのも父ですし……」

亜美が複雑そうな顔で俯いた。

「え？　それ、どういうこと？　あんこを虐待したの、お父さんなんでしょ？」

「いつも、そうなんです。お酒を飲んでいないときは厳しいけれど優しい父で、あんこのこともかわいがってくれるんです。でも……」

「お酒を飲むと別人になる……かな？」

言葉の続きを引き継いだ涼也に、亜美が頷いた。

「あんこを怒鳴って、蹴ったり叩いたり……もう、私、どうしていいかわからなくて……」

亜美の頬から顎を伝って、テーブルに涙が落ちて弾けた。

やはり、想像通りだった。

野放しにはしておけない。

こういうタイプは、普段がまともが故に余計に厄介だ。

「所長、なんとかなりませんか？」

沙友里が、縋る瞳で涼也をみつめた。

「とりあえず、今夜は帰らないほうがいいかな。亜美ちゃん、あんこちゃんと一緒に泊めてくれる友達とかいる？　なんなら、あんこちゃんはここで預かってもいいからさ」

「そしたら、亜美は私の家に泊めます。もちろん、あんこちゃんも一緒に」

沙友里が言った。

「でも、外泊は父が許してくれません」

「僕から、お父さんには事情を話すから」

「え……」

亜美が微かに眼を見開いた。

「僕がお父さんと会って、話してみて、危険だと判断したらあんこちゃんを保護するから」

涼也は、亜美に力強く頷いて見せた。

「無理だと思います。父は、お酒を飲んでないときは……」

「夜、お酒を飲んでいる頃に伺うつもりだ」

亜美を遮り、涼也は言った。

「それは、やめたほうがいいですっ。お酒が入ったときの父は凄く凶暴になりますから、所長が危険です」

「私も、そう思います。そんなこと、やめてください」

沙友里が、不安げな顔で涼也をみつめた。

「気遣ってくれて、ありがとう。でも、亜美ちゃんだっていつまでも君のところに泊まるわけにはいかないし、あんこちゃんを保護するにしても黙って連れ去るわけにもいかないから。大丈夫。君達が思っているより、少しは頼りになる男だから」

涼也はおどけた感じで言いながら、拳で胸を叩いて見せた。

「所長のことは信用してますけど、父は警察官です。揉めたら、どんな圧力をかけてくるかわかりません。父に会うことは、やめてください」

亜美が、涼也に翻意を促した。

「おいで」

亜美の腕からあんこを受け取った涼也は、皺々の額に頬をつけた。

涼也の腕に、あんこの速いリズムの鼓動が伝わった。

毎日のように怒鳴られ、叩かれ……どんなに怖かったことだろう。

物言えぬ動物は、それを訴えることも誰かに助けを求めることもできずに、じっと耐えるしかないのだ。

「この子達の精神や肉体を傷つける心なき人間から、身体を張って守ることが僕の使命だよ。たとえ相手が、どんなに社会的影響力のある人でもね」

涼也は亜美と沙友里の瞳を交互にみつめ、物静かだが強い決意を込めた口調で言った。

「所長は、父の恐ろしい一面をわかっていません。お願いですから、直接会って話すことはやめてください」

亜美が、涙目で訴えた。

涼也は、無言で亜美に微笑むとあんこを抱き締め落ち着かせるように背中を撫でた。

「大丈夫だよ。安心して。もう、あんこちゃんに怖い思いをさせないようにするから」

涼也は、あんこに語りかけるのと同時に自らにも誓った。

# 7

「できれば、ここで待っててほしいな」

渋谷区東――並木橋通り沿いにバンを停めた涼也は振り返り、後部座席に座る沙友里と亜美に言った。

「だめですよ。三人のほうが、相手も下手なことはできませんから」

沙友里が、即座に却下した。

「そうですよ。父は警察官ですから、第三者の眼があったほうが暴走しないと思います」

亜美が、沙友里に追従した。

「僕は逆に、君達に危害が加わらないかのほうが心配だよ」

亜美の話では、父親の博司は酒が入ると人格が豹変しかなり凶暴になると聞いていた。

あんこを虐待するのも、決まって酒を飲んでいるときだという。

涼也は一人で博司に会いに行くつもりだったが、二人が強硬に反対してついてきたのだ。

あんこはいま、「ワン子の園」に保護している。

「人数は一人でも多いほうが安心です。いまも言いましたけど、父には警察官という立場があるので、他人には傍若無人な行為はしないはずです。ただ、酒癖は本当に悪いので失礼なことを言ってしまうんじゃないかと、それが気がかりで……」

亜美が表情を曇らせた。

涼也の考えは違った。

たしかに、博司には警察官としての体裁があるだろう。

自らの立場を考えるなら、新聞沙汰になることをするはずがない。

ただし、それはシラフのときの話だ。

十五歳の少女と援助交際して捕まった警察官、満員電車で痴漢して捕まった警察官、タクシーの運転手に暴行して捕まった警察官……人生を棒に振った警察官に共通しているのは、酒に呑まれるタイプが多いということだ。

「大丈夫だよ。僕も大人だから、暴言の類でいちいち腹を立てないから。わかった。じゃあ、君達の言うように三人で行こう。お父さん、まだ、起きてるかな?」

涼也は、スタンドに立てたスマートフォンのデジタル時計に眼をやった。

亜美の話では、博司は休みのときは五時くらいから酒を飲み始めるらしい。

「父は、飲み始めたら長いんです。七時頃に、あと一時間くらいで帰るっていう連絡を入れたときにはかなり出来上がっていました。休みに私がいないことに、かなり不機嫌になっていたので心配です」

「まあ、そのほうが好都合だよ。ハイドのお父さんに会うのが目的だから。ジキルのときに会っても意味がないからね」

涼也は、明るく言った。

「え？　ハイド……」

亜美がちんぷんかんぷんの表情になった。

意味が通じていないのは、沙友里も同じだった。

「なんですか？　それ？」

「ジェネレーションギャップっていうやつだね。さあ、お父さんが酔い潰れないうちに行こうか」

涼也は二人の緊張を和らげるために朗らかな口調で言うと、ドライバーズシートのドアを開けた。

☆

並木橋通りから一本裏手に入った路地に建つベージュの外壁のマンションが、亜美の自宅だった。

エントランスに入る亜美に、涼也と沙友里は続いた。

亜美がオートロックパネルで暗証番号を押すと、自動ドアが開いた。

気が急いているのか、亜美が早歩きでエレベーターに向かった。

「亜美ちゃんがいなかったら、インターホンで苦戦していたかもしれませんよ」

沙友里が亜美を、小走りに追いつつ言った。

「そうかもね」

沙友里の言う通り、博司の酔いの回りかた次第では、オートロックのドアを開けて貰うのに押し問答していた可能性は否めなかった。

三人がエレベーターに乗り込むと、亜美は五階のボタンを押した。

緊張しているのか、亜美は上昇する階数表示のランプを硬い表情でみつめていた。

国民の平穏な暮らしを守るはずの警察官が、皮肉にも娘を不安にさせていた。

エレベーターを降りた亜美は、五〇三号室のドアの前で足を止めると深呼吸をしてからシリンダーにキーを挿入した。

ドアを開け、亜美が強張った顔で涼也と沙友里を促した。

すぐに、沓脱ぎ場の革靴が眼に入った。

年季が入りよく手入れされた革靴は、端に綺麗に揃えられていた。

酔っていないときの博司の性格が表れていた。

シラフのときに几帳面で真面目なタイプは、己を厳しく律する反動で酒癖が悪くなる場合が多い。

「ただいま」

亜美が声をかけつつ、廊下に上がった。

「お邪魔します」

小さな声で言いつつ、涼也と沙友里もあとに続いた。

廊下の突き当り——木枠のガラス扉から、微かにテレビの音が漏れ聞こえてきた。

「お父さん、ただいま」

亜美が言いながら、扉を開けた。

八畳ほどの洋間のソファでロックグラスを口元に運ぼうとしていた五十絡みの男性……博司が振り返った。

短髪で猪首(いくび)のがっちりした体型は、いかにも武道に通じた警察官という感じだった。

博司の顔は、既にアルコールで赤く染まっていた。

ガラステーブルには、ウイスキーのボトルやスモークチーズ、カシューナッツなどの酒の肴(さかな)が並んでいた。

グラスの琥珀色の濃さからして、ロックで飲んでいるようだった。

「夜分にお邪魔して申し訳ありません」

涼也は、亜美の隣に歩み出て頭を下げた。

「誰だ、お前は?」

博司が、充血した眼で涼也を見据えた。

「僕は亜美さんがボランティアで働いてくれている保護犬施設の者で、沢口涼也と申します」

「はじめまして。私は、亜美さんと同じペットショップで働く石野沙友里です」

涼也に続き、沙友里が頭を下げた。

「なんだ、娘を堕落させてる奴らか」

博司が吐き捨て、クチャクチャと音を立てながらスモークチーズを食べた。

いきなりの喧嘩腰で、博司は最初から敵意を隠そうともしていなかった。

「お父さん、そんな言いかた失礼でしょ！」

亜美が、博司を諫めた。

「失礼なのは、夜に家に押しかけてくるこいつらのほうだろうがっ」

父親がマドラー代わりの割り箸で、涼也と沙友里を交互に指した。

「私が頼んできて貰ったんだから、そんなふうに言わないで！」

亜美は怯まずに、博司に食い下がった。

「こんな時間に、いったいなんの用だ⁉」

「あんこちゃんの件で、お話があって伺いました」

「あんこ？　ああ、そう言えば、あの犬はどうした？　保健所にでも連れて行ったのか？」

博司が、ニヤニヤしながら亜美に視線を移した。

「そんな言いかた……」

涼也は、気色ばむ沙友里の腕を摑み制した。

「連れて行くわけがないでしょう‼　『ワン子の園』に、預かって貰ってるのよっ」

亜美が強い口調で言った。

「あ？　ワンコ？」

「はい。『ワン子の園』は、僕が運営している保護犬施設です」

涼也は説明した。

「人の犬を勝手に連れて行くのは、窃盗だぞ。お前、どういうつもりだ？　刑事の家の犬を盗むなんて、いい度胸してるな？　お？　なんなら、逮捕してやろうか？　お？」

博司は据わった眼で涼也を睨み、縺れる呂律でねちねちと絡んだ。

「所長は窃盗なんかしてません！　あなたがそうやってお酒に酔っぱらってあんこちゃんを虐待するから、保護しているんじゃないですか！」

沙友里が、博司に強烈なダメ出しをした。

「なんだと⁉　もう一度言ってみろ！」

博司が血相を変え、ソファから立ち上がった。

「お父さん、落ち着いてください。僕が説明しますから、とりあえず座って貰えますか？」

涼也は、沙友里を庇うように歩み出た。

「盗人の説明なんか、聞く必要はない！　いますぐ犬を返すか、ブタ箱に入りたいかどっちがいいんだ⁉　おお⁉」

酒臭い息を振りまき凄んでくる博司からは、警察官の片鱗も窺えなかった。

「ご自分に自信があるのなら、僕の話を聞いてくださいっ。その上で僕が間違っていたら、あんこちゃんをすぐにお戻しします」

涼也はきっぱりと言い切り、強い意思を宿した瞳で博司を見据えた。

「盗んだ犬を返すのは当たり前だっ。盗人は、逮捕しなきゃならないんだよ！　現行犯逮捕ーっ！」

博司が右手を伸ばし、物凄い握力で涼也の胸倉を摑むとニヤリとした。

「お父さんっ、暴力はやめて！」

亜美が博司のランニングシャツを摑み引っ張った。

「これは暴力じゃねえっ。父さんは、犬泥棒を逮捕したんだ！　現行犯逮捕ーっ！」

博司がふたたびふざけた口調で叫ぶと、高笑いした。

「そんなに酔っぱらって、恥ずかしくないの！」

「立派な刑事を父親に持って、なにが恥ずかしいんだ！　俺はな、毎日毎日、国民の安全を守るために危険と背中合わせに戦ってるんだぞ⁉　犯人は拳銃やナイフを持ってるかもしれないし、こっちは命懸けなんだっ。若造の腰かけ署長に偉そうに説教されても、ぐっと堪えて犯人を追ってるんだよ！　なんでこの俺が、現場を知らないクソガキにあれこれ指図されなきゃならないんだ！　ああ⁉」

博司が腕を引き、涼也に酒臭い顔を近づけた。

途中から脈絡なく無関係な話に飛ぶのは、酔っぱらいの典型的なパターンだった。シラフの際に品行方正を求められる職業柄、酒で箍が外れてしまうのだろう。

「なにわけのわからないことを言ってるのよ⁉　どこが立派な刑事よっ。ただの酔っぱらいじゃない！」

「親に向かって、その口の利きかたはなんだ！」

博司が、亜美を突き飛ばした。

「亜美！　大丈夫⁉」

尻餅をつく亜美に、沙友里が駆け寄り抱き起こした。

博司のランニングは破れタスキ掛けになり、分厚い大胸筋と太鼓腹が露出していた。

「そうやって、いつも娘さんとあんこちゃんに暴力を振るってるんですね？」

涼也は、必要以上に博司を刺激しないように冷静な声音で言った。

亜美の父親と喧嘩をしにきたわけではなく、虐待が事実なら説得してあんこを保護するのが目的だった。

「お前に、俺のなにがわかるんだよ！　ああ⁉　捨て犬預かって商売にしてる奴が、利いた風なことを言うんじゃない！」

博司が右手一本から両手で涼也の胸倉を摑み、激しく前後に動かした。

「所長から手を離してください！」

博司を止めようとする沙友里を、涼也は右手で制した。

酒の勢いで力の加減がわからなくなっているので、下手に絡むと怪我をする可能性があった。

「だったら、教えてください。なにが不満で、あんこちゃんに暴力を振るうのかを……」

涼也は言いながら、博司に見えないようにヒップポケットから抜いたスマートフォンを沙友里のほうに投げた。

涼也はボランティアスタッフに、虐待をしている場面に遭遇したときは、可能ならば動画撮影をするように指導していた。

犬を保護するときに、現行犯でないかぎり飼い主に虐待されているという証明が必要になるからだ。

いま博司はあんこに暴力を振るっているわけではないが、会話の内容や涼也への言動で十分に飼い犬にたいして虐待が行われていることを立証できる。

「いいか⁉　犬泥棒っ、よく聞け！　俺がやってるのは虐待じゃなくて躾だっ、躾！　子供が悪いことをしたら叱ったり、場合によっちゃ叩いたりするだろうが⁉」

博司の飛沫が、涼也の顔面を濡らした。

「あんこちゃんが、お父さんに叩かれたり蹴られたりするような、どんな悪さをしたって言うんですか⁉」

「どんな悪さをしただと⁉　ウチの娘の人生を台無しにした罰に、決まってるだろうが！」

「あんこちゃんが亜美さんの人生を台無しにしたとは、どういう意味ですか？」

「お前らのところで働いてることだよ！　俺はな、娘に犬ころの毛を刈ったり糞小便の世話させるために育てたんじゃない！　亜美には看護師や警察官みたいな安定した仕事に就いてほしかった……それを、犬ころやお前らがめちゃくちゃにしたんだろうが！」

博司が怒声を浴びせつつ、物凄い力で涼也の胸倉を引き寄せた。

「あんこちゃんには、なんの責任もありません！」

「責任は大ありだ！　犬ころなんかに現（うつつ）を抜かさなかったら、娘が道を踏み外すことはなかった！　親として、娘の仇（かたき）を許せないのは当然だろう！」

「どうしてそんなふうに思うんですか⁉　ペットショップや保護犬ボランティアは、恥じるような仕事ではありません！」

「片や安月給、片やタダ働き……これのどこが、恥じる仕事じゃないというんだ！」

「お父さんは、なぜ警察官になったんですか？　お金や安定のためですか？　違いますよね？　国民の安全を守るために警察官を志した……そうじゃないんですか⁉」

涼也は、祈りを込めた瞳で博司をみつめた。

「お、俺のことは関係ない……」

「あります！　亜美さんもお金のためじゃなく、一頭でも多くの犬猫を守るために誇りを持ってペットショップや保護犬ボランティアで働いているんですっ。亜美さんは、お父さんの血を引いた正義感に溢れた誇らしい娘さんですよ！」

涼也の言葉に、胸倉を摑む父親の握力が弱まった。

「俺は、とんでもない過ちを……」

博司がうなだれ、声を絞り出した。

「お父さん、わかってくだされば……」

「なーんて、心打たれて反省するとでも思ったか！」

嬉々とした顔を上げた博司の握力が増し、涼也の踵（かかと）が浮いた。

「あんな不細工な犬は、お前にくれてやるっ。その代わり、亜美には犬ころの仕事を一切やめさせるからな！」

「お父さんっ、あんこは物じゃないのよ！　それに、勝手なこと言わないで！　私は、ペットショップも『ワン子の園』もやめるつもりはないわ！」

「お前は黙ってろ！　いいな⁉　今日かぎりで、亜美はお前らと縁を切る！」

「それは、亜美さんが決めることとですっ」

涼也は、父親から視線を逸らさずに言った。

「娘の将来は、親である俺が決めるんだよ！」

「親であっても、子供の自由意思を奪う権利はありません！」

「わかったふうなことを言うな！」

視界が回転した——涼也は、柔道技の払腰(はらいごし)で床に叩きつけられた。

背中に激痛が走り、下半身が痺れて力が入らなかった。

圧迫される胸……博司が馬乗りになっていた。

「これ以上、娘にかかわるとどんな手段を使ってでもブタ箱にぶち込むぞ！　おお！　それが嫌なら、二度と娘に近づくんじゃない！」

「さっきも言いましたが……それは、娘さんが……決めることです。それに……あんこちゃんは、言われなくても……ウチで保護します。あなたに……戻せないことが……はっきり……しました……」

切れ切れの声で、しかしきっぱりと涼也は言った。

「この野郎っ、まだ、懲りないか！　盗人猛々(ぬすっとたけだけ)しいとは、お前のことだっ。気が変わった！　俺の犬をすぐに連れてこい！　俺がこの手で、保健所に連れて行ってやる！　さあ、早く返せ！　俺の犬を、いますぐ返せ！　いますぐ返せ！　いますぐ返せ！」

博司が胸倉を摑んだ腕を前後させるたびに、涼也の後頭部が床に打ちつけられた。

「あんこちゃんは……ウチで保護します……あなたには……」

「まだ言うか！　いますぐ……」

「やめないと死ぬわよ！」

博司の腕が止まった。

「おいっ、亜美……なにをやってるんだ！」

博司が弾かれたように立ち上がった。

酸素が、一気に肺に流れ込んできた。

「亜美！　やめて！」

沙友里の絶叫が、遠のきそうになった意識を引き戻した。

涼也は、首を擡げぼんやりとした視線を巡らせた。

視覚のピントが合った涼也の眼に飛び込んできたのは、鋏の刃先を己の喉元に突きつける亜美の姿だった。

「亜美ちゃん……馬鹿なことは……やめるんだ……」

涼也は掠れた声で諭しながら、懸命に上体を起こした。

背中を痛打したせいで、下半身に力が入らず立ち上がることはできなかった。

「これ以上、お父さんを嫌いになりたくない！　私が幼い頃のお父さんは、悪者から弱い立場の人達を守るヒーローだった。いまは、物言えない動物を虐待したり、あんこを助けようとしてくれている人を口汚く罵り暴力を振るったり……大人の私の瞳に映っているのは、正義のヒーローじゃなくて酒浸りの悪者よ！」

「亜美っ、そいつをこっちに渡すんだっ」

博司が、右手を差し出しつつ亜美に歩み寄った。

「こないで！　一歩でも近づいたら死ぬから！」

亜美の金切り声が、室内の空気を切り裂いた。

「亜美……」

博司が立ち止まり、強張った表情で絶句した。

「お酒をやめて、あんこに二度と暴力を振るわないって約束してくれなきゃ……本当に、死ぬから！　でも……昔のお父さんに戻ってくれるのなら、ペットショップも『ワン子の園』も辞めるわ」

亜美が、涙ながらに訴えた。

「亜美、どうしてあなたが……」

「わかった……わかったから、そいつをこっちに渡すんだ」

沙友里を遮り、まるで立て籠もり犯を説得するように宥(なだ)める博司は、ついさっきまで傍若無人な言動に終始していた泥酔男とは別人のようだった。

「もう、酒はやめるから！　それと、あんこにもひどいことをしないと、約束する！」

その顔は、すっかり父親のものになっていた。

信用できると、涼也は確信した。

いまの発言がシラフに戻ってからのものなら、逆に信用できなかった。

酔っていないときの博司は至って常識人なので、これくらいの約束は平気でできる。

だが、酔えば理性を失い豹変するのが問題だったのだ。

数分前まで聞くに堪えない暴言を吐き暴力を振るっていた泥酔状態で、素に戻るというのは嘘でできることではない。

「その言葉を、信用してもいいんですか？」

涼也は、博司に念を押した。

「ああ、本当だ。娘が死のうとしているときに、嘘は吐かない。たしかに俺は大酒飲みで禁酒は楽じゃないが、亜美の命とは比べようもない」

「亜美ちゃん。お父さんもこう言ってる。鋏を、沙友里ちゃんに渡してくれないか」

涼也は、亜美の瞳をみつめながら言った。

「所長は……お父さんのこと、信用できると思いますか？」

喉に鋏の刃先を突きつけたまま、亜美が涙声で訊ねてきた。

「ああ、信用できると思うよ。これだけ酔っぱらっているときに、君の話に耳を傾けてくれたんだからね」

涼也は言うと、亜美に向かって頷いて見せた。

亜美も頷き、沙友里に鋏を渡した。

鋏を受け取ると、沙友里が亜美を抱き締めた。

博司が、安堵の息を吐きつつ腰から崩れ落ちるように座り込んだ。

「悪かったな。そして、ありがとう」

バツが悪そうに、博司が詫びと礼の言葉を口にした。

「わかってくれて、嬉しいですよ」

涼也は、博司と向き合う格好で正座した。

「ただし、まだ、問題は解決していません。あんこちゃんは、この家にお返しできません」

「俺が娘に約束した言葉が、嘘だというのか？」

博司が、怪訝な顔で訊ねた。

「いいえ。お父さんがお酒をやめてあんこちゃんに暴力を振るわないと決意した気持ちは信じています」

「だったら、どうして？」

「決意したからと言って、決意が続くとはかぎりません。お父さんの場合、飲酒が悪の根源です。なので、万が一、禁酒を破った場合には必然的にあんこちゃんにたいしての約束も守られなくなる可能性が高いということです」

涼也は、敢えて厳しい口調で言った。

「自分のやってきたことを考えると、そう思われても仕方がないな」

博司が、力なくうなだれた。

「もちろん、ずっとというわけではありません。一定期間様子をみさせて頂いて、お父さんの決意が本物だと証明できたら、あんこちゃんをお戻しします」

涼也の言葉に、博司が弾かれたように顔を上げた。

「いいのか？」

「お父さんのためじゃなく、亜美さんのためです。『ワン子の園』にこられなくなったら、あんこちゃんと会えなくなりますからね」

涼也は、亜美に微笑みかけた。

亜美は必要な人材であり、引き止めたいのは山々だが、彼女なりに父親の気持ちを汲んでの決意なので尊重してやりたかった。

それに、せっかく修復に向かいそうな父娘の関係を壊したくはなかった。

「所長……ときどきは、遊びに行ってもいいですか？」

亜美が、涙声で訊ねてきた。

「なにを言ってるんだ。あたりまえじゃないか！　君がボランティアじゃなくなっても、『ワン子の園』の家族であることに変わりはないんだから。遠慮しないで、いつでもおいで」

「ありがとうございます……ありがとう……ございます……」

涼也が言うと、亜美が掌で顔を覆い号泣した。

「所長、亜美は、ペットショップも『ワン子の園』も本当に辞めなきゃいけないんですか⁉　止めないんですか⁉」

沙友里が、悲痛な顔で訊ねてきた。

「彼女の意思だからね。僕らが決めることじゃないよ」

「亜美の意思じゃなくてお父さんの……」

「沙友里ちゃん。そのお父さんの気持ちを受け入れたことも含めて、亜美ちゃんの意思なんだよ。僕らは、彼女の選択を見守ってあげようじゃないか」

本音だった。

親子にしかわからない、気持ちの交流がある。

端からみたらどうしようもないアル中でも、亜美にとっては男手一つで育ててくれたかけがえのない父親なのだ。

「すみません……所長も沙友里さんも私とあんこのためにここまでやってくれているのに……勝手を押し通してしまって……」

亜美が嗚咽交じりに言うと、ふたたび号泣した。

「別に、亜美が謝ることじゃないのよ」

沙友里が抱き締めた亜美の背中をポンポンと叩き、貰い泣きしながら言った。

「では、とりあえず僕達はこれで失礼します。あんこちゃんの件は、また、後日報告を入れます」

涼也は立ち上がろうとしたが、足が痺れてよろめいた。

尻餅をつきそうになった涼也の手を、博司が摑み引き上げた。

「ありがとうございます」

「礼なんかやめてくれ。俺は所長さんにひどいことをしてしまったんだからな。治療費を払うから、病院に行ったら請求してくれないか？」

「お父さんには負けますが、僕の身体もかなり頑丈にできていますからご心配なく」

涼也は、笑って受け流した。

博司を安心させるための痩せ我慢ではなく、学生時代に齧ったラグビーでは肋骨を折ってもそのまま練習に参加していたこともあった。

「いや、俺はとんでもないことをやってしまった……本当に、済まない」

博司が、頭を下げた。

「やめてくださいっ、お父さん……」

涼也は、慌てて博司の頭を上げさせた。

「この家に戻ってくるまで、あんこの世話をしっかりやれよ」

上げた顔を亜美に向けた博司が、唐突に言った。

「え……私、『ワン子の園』のボランティアを辞めるから、あんこの世話はできないわ」

亜美の表情に、困惑の色が浮かんだ。

「お前が辞めたら、誰があんこの世話をするんだ？　それに、急にお前がいなくなったら、捨てられたんじゃないかとあんこが不安になるだろう？」

「じゃあ……私は、辞めなくてもいいの？」

狐に抓まれたような顔で、亜美が伺いを立てた。

「何度も言わせるな。一生懸命働いて、所長さんと先輩に恩返しをしろ」

言葉こそぶっきら棒だが、娘を見る博司の眼は柔和に細められていた。

「お父さん、ありがとう！」

亜美が、博司に抱きつき泣きじゃくった。

「おいおい、子供じゃないんだからやめろ……」

博司が、涼也と沙友里をちらちらと気にしながら照れ臭そうに言った。

「亜美ちゃん、僕達は帰るから。明日、また会おう。あんこちゃんのことは気にしなくていいから、今夜は父娘(おやこ)水入らずでゆっくりして」

気を利かした涼也は亜美に言い残し、沙友里を促し部屋を出た。

玄関まで見送りに出てきた父親と娘が、深々と頭を下げて涼也と沙友里を見送った。

☆

外に出ると、夜風が心地よく頰を撫でた。

一雨降ったのだろうか、草と土の懐かしい匂いが鼻孔に忍び込んだ。

「お父さんが、改心してくれてよかったですね。でも、お酒をやめられるでしょうか?」

バンを停めている並木橋通りまでの道のりをゆったりした足取りで歩きながら、沙友里が充実感に満ちた顔で涼也を見上げた。

「亜美ちゃんのお父さんがアルコール依存症なら、禁酒は大変だと思う。重度になれば治療入院が必要になるほどだからね。だけど、親子で支え合っていけば、きっと乗り越えられると信じてるよ。まあ、でも、最低、三ヵ月は様子を見たほうがいいかな。あんこちゃんにとっても、いままで心に受けた傷を癒す時間が必要だしね」

「そうですね。身体、本当に大丈夫ですか? 夜間診療の病院で、診て貰ったほうがいいですよ」

沙友里が、一転して心配げな表情になった。

「ありがとう。亜美ちゃんのお父さんにも言ったけど、そう簡単には壊れない肉体だから大丈夫さ。それより、君を危険に巻き込んでしまったね。いつも、済まない。本当に、申し訳ない」

涼也は、感謝を込めた瞳で見つめつつ言った。

「そんな、水臭いこと言わないでくださいっ。所長のお力になれることが私の喜びでもあるんですから」

沙友里が、感謝とは違った種類の想いの籠った瞳で見つめ返してきた。

「うん、そう言って貰えて光栄だよ。でも、君の彼氏に申し訳ないから、ほどほどにね」

涼也は、敢えて言った。

沙友里に彼氏がいるかいないかは知らない。

だが、目的はそこではなく、涼也が沙友里に「彼氏」がいると思っていながら普通に接しているところを見せるのが重要だった。

「彼氏なんていません！」

強い口調で、沙友里が否定した。

「あ、ああ、ごめん」

「別に所長が謝ることではないですけど……私に、彼氏がいると思っていたんですか？」

沙友里が、複雑そうな表情で訊ねてきた。

「そんなに気にしていたわけじゃないけど、君みたいに器量よしで気立てもいい子なら、いないほうがおかしいかな……とか思ってさ」

涼也は、心の距離感を保ちつつ屈託のない笑顔を沙友里に向けた。

「本当にそう思ってくれています？」

沙友里が、試すような瞳で涼也をみつめた。

「もちろん、思っているよ」

「だったら、そんな気立てがよくて器量よしの女性を彼女にしたいとは思ったことないんですか？」

平静を装ってはいるが、沙友里の頰は赤らみ声は上ずっていた。

彼女がいまの言葉を口にするのに、相当な勇気が必要だっただろうことを涼也は悟った。

「婚約者がいるのに、ほかの女性のことをそんな眼で見るのは不謹慎だよ」

涼也は鈍感な男を演じ、あっけらかんとした口調で言った。

沙友里は「ワン子の園」の要と言える存在だ。

保護犬への愛情も深く、知識が豊富で仕事も早い。

この先、許されるなら何年でもボランティアを続けて貰いたい。

だからこそ、うやむやな態度を取り続けるわけにはいかなかった。

「私のほうが、所長のことを支えられる自信があります」

沙友里は涼也を直視し、きっぱりと言い切った。

誰より、とは言っていないが華と比べているのは間違いない。

「沙友里ちゃんは、ベストパートナーだよ」

お世辞ではなかった。

涼也は、心からそう思っていた。

「本当ですか⁉」

沙友里の顔が、パッと輝いた。

涼也は笑顔で顎を引いた。

「親友でもあり、実の妹のようでもある」

「え……」

沙友里の顔から、輝きが消えた。

「じゃあ、私のことは……」

沙友里の声を、スマートフォンのバイブレーションが遮った。

ディスプレイに表示されていたのは、華の名前だった。

「もしもし？」

『いまどこ？』

電話に出るなり、華が訊ねてきた。

いつもの彼女より、声に余裕がないような気がした。

「渋谷だけど。どうしたの？」

『代官山の「Ｄスタイリッシュ」ってペットショップ、沙友里ちゃんが働いている店じゃなかった？』

唐突に、華が訊ねてきた。

「そうだったと思うよ。いま、本人がいるから訊いてみようか？」

名前が出たことで、沙友里が自分の顔を指差した。

『待って！　いまはなにも言わないで。沙友里ちゃんにわからないようにリアクションしてほしいんだけど、いい？』

「ああ、いいよ」

涼也は言いながら、右手で沙友里に待ってとジェスチャーした。

『「Ｄスタイリッシュ」の女社長、知ってる？』

「一度店舗に行ったときに偶然いたから、挨拶した程度だけど。その人がどうしたの？」

涼也は、沙友里の耳を意識しながら言葉をオブラートに包んだ。

『どんな人だった？』

「すごく穏やかで、人柄がよかった印象があるよ」

一年ほど前に、沙友里がトリマーをしているペットショップに行ったときに社長の長谷真理子と名刺交換した。

ボランティアとして働いてくれている沙友里の件で礼を言うと、奉仕活動をさせて貰い、こちらこそ感謝しています、と逆に恐縮された覚えがあった。

十分ほど話しただけだが、華に言った通り真理子は好印象の女性だった。

『実は、明日、「Dスタイリッシュ」に視察に行かなければならないの』

「え？　なんで？」

『社長が、売れ残った犬や猫を繁殖業者と組んで闇業者に高値で売っているという通報が入ったのよ』

「闇……どんな業者？」

涼也は、食い入るようにみつめている沙友里の視線に気づき言い直した。

『通報では、その闇業者が獣医学生の手術の練習台として大学病院に売ったり、製薬会社の新薬の実験用として売ったりしているらしいの。生後四ヵ月を超えて買い手のつかなくなった犬をやむなく大学病院や動物病院に提供しているペットショップはほかにもあるみたいだけど、「Dスタイリッシュ」の場合は取引の額が相場の何倍も高いということと、まだ三ヵ月も超えていない十分に売れそうな子犬を斜視だとかアンダーショットだとか、商品価値が下がりそうな要素がみつかると、積極的に闇業者に売っているみたいなの』

「まさか……」

涼也は、二の句が継げなかった。

あまりに残酷な話と記憶の中の優しそうな女社長とのギャップに、涼也は混乱していた。

「でも、君の管轄は東京じゃないだろう？」

我を取り戻し、涼也は疑問を口にした。

動物愛護相談センターが通報を受けてペットショップを抜き打ち調査や視察することは珍しくないが、華の勤務先はZ県だ。

『「Dスタイリッシュ」と組んでいる繁殖業者がZ県にいるのよ。沙友里ちゃんが、ウチの社長は動物思いで尊敬できるって言っていたのを聞いたことがあってさ。なんだか、気が重くて。悪いけど、涼ちゃん、明日、一緒に視察に行ってくれないかな？　まずは視察段階だし、いきなり繁殖業者を訪ねても証拠はつかめないでしょうから、代官山の「Dスタイリッシュ」を様子見したいの。できたら沙友里ちゃんに事情を話して、協力して貰いたいんだけどさ。沙友里ちゃんが案内してくれたほうが、怪しまれずに店に行けるでしょう？　社長が不在だったら、バックヤードとかも見られるかもしれないし。涼ちゃんが言いづらいなら、私のほうから沙友里ちゃんに話すからさ』

「いや……僕から話してみるよ」

　涼也は華に言いながら、怪訝そうな顔で聞き耳を立てている沙友里を複雑な心境でみつめた。

# 8

涼也がドアを開けた瞬間、人の気配を察した「ワン子の園」の保護犬達が一斉に吠え始めた。

「ほらほら、もう遅いんだから静かにしなさい」

沙友里が窘めるように言いながら、柴犬のトップとサークルの中で独楽のように回転するトイプードルのモモの頭を撫でた。

まもなく、午後十一時になるところだった。

保護犬に異変があるなどの緊急事態でないかぎり、この時間帯に施設を訪れることはないので、彼らからすれば嬉しいサプライズだ。

「そんなに跳んだら、脚を痛めちゃうぞ」

折れそうな華奢な後ろ脚で何十回も跳び喜びを爆発させるポメラニアンのスカイに、涼也は優しく声をかけた。

——通報では、その闇業者が獣医学生の手術の練習台として大学病院に売ったり、製薬会社の新薬の実験用として売ったりしているらしいの。生後四ヵ月を超えて買い手のつかなくなった犬をやむなく大学病院や動物病院に提供しているペットショップはほかにもあるみたいだけど、「Dスタイリッシュ」の場合は取引の額が相場の何倍も高いということと、まだ三ヵ月も超えていない十分に売れそうな子犬を斜視だとかアンダーショットだとか、商品価値が下がりそうな要素がみつかると、積極的に闇業者に売っているみたいなの。

華の言葉が、涼也の脳裏に暗鬱に蘇った。

生後四ヵ月どころか、ここにいる保護犬で一番若いのはスカイの一歳だ。

もし、通報が本当だったら、とんでもない話だ。

身体が大きくなった、上顎または下顎が少し出ている、白目の範囲が広い、通常より胴が長い……ペットショップで売れ残った子犬達が心ない店主の利益主義の犠牲となり、憐れな末路を辿るという話はよく耳にする。

動物愛護相談センターに持ち込まれる犬の中で、ペットショップの店主が一般個人を装い売れ残った子犬を持ち込むことも珍しくはない。

店に置いていても餌代や飼育の手間がかかるから、一日も早く在庫処分したいというのが理由だ。

すべては、人間のエゴだ。

生後四ヵ月の犬も二ヵ月の犬も……成犬も子犬も人間を純粋に愛する一途な心に変わり

はない。

飼い主に名前を呼んで貰うことで、犬は嬉しい気分になる。

飼い主に撫でて貰うことで、犬は満ち足りた気分になる。

犬は特別なことをしなくても、飼い主のそばにいられるだけで幸せなのだ。

ペットショップで売れ残った子犬達に、名前はない。

一度も名前を呼んで貰えず、撫でて貰うこともなく、狭いケージに閉じ込められ……。

「所長、なにがあったんですか？　さっきからずっと、黙り込んでますよ」

コーヒーの入ったマグカップを差し出しながら、沙友里が心配そうに訊ねてきた。

「ん？　ああ……大丈夫。こういう施設を長くやっていると、いろいろとあってね。コーヒー、ありがとう」

涼也はごまかし、沙友里の手からマグカップを受け取り応接ソファに腰を下ろした。

スプリングが壊れているので、臀部の片側だけが沈んでしまう。

「ワン子の園」はボランティア施設なので極力出費を抑えるために、調度品やケージ、リード、ハーネスなどは知り合いから中古品を譲り受けたものばかりだった。

このソファも、友人が粗大ごみに出そうとしていたものだ。

「今日はご苦労様。君も、座って」

涼也は、沙友里を正面のソファに促した。

「ありがとうございます。あの、お話ってなんですか？」

ソファに腰を下ろしつつ、沙友里が訊ねた。


――悪いけど、涼ちゃん、明日、一緒に視察に行ってくれないかな？　まずは視察段階だし、いきなり繁殖業者を訪ねても証拠はつかめないでしょうから、代官山の「Ｄスタイリッシュ」を様子見したいの。できたら沙友里ちゃんに事情を話して、協力して貰いたいんだけどさ。沙友里ちゃんが案内してくれたほうが、怪しまれずに店に行けるでしょう？社長が不在だったら、バックヤードとかも見られるかもしれないし。涼ちゃんが言いづらいなら、私のほうから沙友里ちゃんに話すからさ。


ふたたび、華の声が蘇った。

沙友里には自分から話してみると言ったものの、いざとなると訊きづらかった。

結局、渋谷から沙友里の自宅まで送る車内では切り出せずに、中野の「ワン子の園」まで連れてきてしまったのだ。

華にも、沙友里には中野で話すとＬＩＮＥで伝えてあった。

沙友里が協力してくれるのとくれないのとでは、華の「Ｄスタイリッシュ」の視察のやりかたも変わってくる。

というよりも、華の立場からすると是が非でも沙友里の協力を仰ぎたいところだ。

だが、いまから涼也が話そうとしていることは、社長の長谷真理子を信頼している沙友里には受け入れられない内容に違いない。

華の気持ちもわかるし、沙友里の気持ちもわかる。

正直、この板挟みはつらかった。

「本当に、どうしたんですか？　なんだか、車からずっと変ですよ。もしかして、さっき私が華さんより社長のことを支えられる自信があるなんて言っちゃったから、気を悪くしましたか？」

沙友里が、不安げな顔でみつめた。

「いや、それは全然気にしてないよ」

「よかった……あ、それとも亜美のこと、まだ心配しているんですか？　お父さんもわかってくれた感じでしたし、大丈夫ですよ」

「うん、そうだね。僕もそうであってほしいと思うよ」

涼也は、曖昧な笑みを浮かべた。

「これも、違いますか？　じゃあ、なにか、ほかに悩み事でもあるんですか？　よかったら、聞かせてください。私で力になれることなら、手伝わせてください」

「じゃあ、遠慮なしに言わせて貰うけど、さっきの華からの電話で頼まれたんだ。明日、華が『Ｄスタイリッシュ』の視察に行くから、君に協力してほしいってね」

涼也は意を決し、口にしづらい本題を切り出した。

「明日、どうして華さんが『Ｄスタイリッシュ』を視察するんですか？」

瞬時に、沙友里が怪訝な表情になった。

「言いづらいことなんだけど、気を悪くしないで聞いてほしい。華が勤務するＺ県の動物愛護相談センターに通報があったそうだ。通報内容は、『Ｄスタイリッシュ』の社長が売れなくなった子犬をＺ県の繁殖業者と組んで、獣医学部の手術の練習台や新薬の実験用として、大学病院や製薬会社に闇業者を通して高値で売っているというものらしい」

涼也は、一息に喋った。

「そんな……」

沙友里が絶句した。

顔面が蒼白になり、唇が小刻みに震えていた。

「真理子社長が、そんな残酷なことをするわけないじゃないですか！　華さんは、デマを鵜呑みにして『Ｄスタイリッシュ』を視察するなんて、ひど過ぎます！」

我を取り戻した沙友里が、血相を変えて抗議した。

「そうじゃないんだ。華は通報を鵜呑みにしているわけではなく……鵜呑みにしていないからこそ、視察するんだと思う。長谷社長には一度しかお会いしていないけど、動物にたいしての深い愛情を僕も感じたからさ」

「だったら、なぜ、華さんは視察なんてするんですか⁉　デマを鵜呑みにしていなくても、真理子社長を疑っている気持ちがあるからそうするんでしょう⁉」

沙友里の膝上に置かれた十指の爪が、デニムの生地に食い込んでいた。

「彼女だって、長谷社長を疑っているわけじゃ……」

「信じても疑ってもいないわ」

涼也の声を遮り、華がフロアに現れた。

「華、どうしてここに？」

「涼ちゃんだと優し過ぎる説明になってしまうと思ってきてみたら、案の定だったわ」

言いながら、華が涼也の隣に座った。

「やっぱり、華さんはデマを信じて真理子社長を疑っているんですか⁉」

沙友里が、華を強い眼差しで見据えた。

「その前に、沙友里ちゃんに言っておきたいことがあるわ。通報をデマだと決めつけるのは危険よ」

「じゃあ、華さんは、真理子社長が売れ残った子犬達を繁殖業者と組んで処分していると言うんですか⁉」

「そうとも違うとも言ってないわ。私が言いたいのは、こういうときに一番やってはいけないことは、私情を挟んだり先入観で決めつけたりすることなの。デマだったら視察して証明できることだし、でも、頭からその可能性はないと決めつけて放置した結果、万が一、通報がデマじゃなかったら？　ほとんどの親は子供が犯罪の容疑者になると、ウチの子にかぎってそんなことをするはずはない、と言うわ。だけど、哀しいかな、罪を犯す子供もいるのが現実なの」

華が淡々とした口調で言った。

「真理子社長を、犯罪者と一緒にするのはやめてください！」

沙友里が涙声で叫んだ。

「犯罪者扱いなんて、していないわ。私は、頭から通報はデマだと決めつけて視察をせずに、知らないところで犠牲になっている子犬達がいるかもしれないということを、あなたにわかってほしいの」

華が、諭し聴かせるように言った。

「馬鹿にしないでください。私だって、動物にたいしての知識や愛情は華さんに負けていません。感情だけで言っているのではなく、真理子社長のもとで三年間働いて人間性がわかっているからこそ、否定しているだけです。店の子犬が病気になったら泊まり込んで看病したり、亡くなった子が出たら葬儀をしてあげて、写真をスタッフルームに飾るほどの優しい気持ちを持っている人です。そんな人が、売れ残った子犬を実験用や手術の練習台として闇業者に売り飛ばしているなんて、ありえないと言っているんです！」

沙友里が、大きな瞳を濡らしながら訴えた。

「華、沙友里ちゃんの気持ちもわかってあげてほしい。彼女は、僕達の知らない長谷社長の素顔をたくさん見ているんだから」

涼也は、単に同情して助け船を出したわけではない。

沙友里は、なにごとにも慎重で洞察力のある女性だった。

長谷真理子が通報されたような行為を平気でやるような人間なら、沙友里は見抜くはずだった。

「近くにいるからこそ見えずに、遠くにいるからこそ見える物事もあるわ」

華が、無表情に言った。

「どういうことですか？」

沙友里が、怪訝な顔を華に向けた。

「そのままの意味よ。あなたは長谷社長を知り過ぎているからこそ、彼女にたいする固定観念が強い。彼女がそんなことするはずがない、彼女にかぎって……ってね」

「だったら、華さんにお訊きします。もし、所長が『ワン子の園』で犬を虐待しているって通報があったら、華さんはどうするんですか⁉『ワン子の園』を視察するんですか⁉そんなこと、するはず……」

「もちろん、視察するわ」

華が、沙友里を遮り言った。

「嘘ですっ。所長を愛しているなら、そんなことできるはずがありません！」

沙友里が強い口調で否定した。

「愛しているからこそするのよ」

対照的に冷静な声音で言うと、華が澄んだ瞳で沙友里をみつめた。

「愛しているなら、信じることが大事じゃないんですか⁉」

「信じているわ。だから、『ワン子の園』に嫌疑がかかったなら、それを晴らすためにも視察をするの。万が一、通報が本当なら罪を贖(あがな)って貰う……それが、本当の愛情だと思っているわ。あなたも長谷社長のことを思っているなら、嫌疑を晴らすべきよ。もし通報通りだとしたら、それを正すのも愛情よ」

華が、物静かな口調で沙友里に訴えかけた。

「そんなの……詭弁(きべん)です！　華さんは綺麗ごとを並べているだけで、結局は、所長のことをその程度の愛しかたしかできない人なだけじゃないですか！」

沙友里の大声が、施設内に響き渡った。

「沙友里ちゃん、それは違うよ」

それまで黙っていた涼也は、口を挟んだ。

「え……？」

「婚約者だから言うわけじゃないけど、華は人にも動物にも愛情深い女性だよ」

「だったら、どうして真理子社長を疑って『Dスタイリッシュ』を視察なんてするんですか⁉」

「華は、通報を信じて長谷社長を疑ったわけじゃない。彼女の頭にあるのは、動物を救うことだけなんだ」

「だから、真理子社長はそんなことする人間じゃないって、何度言えば信じてくれるんですか⁉　いいえ、華さんは最初から真理子社長のことを疑っているだけです！　私、華さんのこと尊敬していました……華さんみたいになりたいって、憧れていました。でも、それも今日までです。華さんがこんなに、薄情な人だと思いませんでした」

沙友里が、涙の溜まる眼で華を睨みつけた。

「こうなることを、華がわからないと思ったのかい？」

「なにがですか？」

「長谷社長を信頼している君に、『Dスタイリッシュ』の視察の協力を頼んだりしたら軽蔑されるってことさ。華は、ガセかもしれない……いいや、ガセである可能性が高い通報に、君への協力を仰いだ。軽蔑されるのを承知でね。理由は一つだよ。九十九・九パーセント沙友里ちゃんに恨まれることになるのを覚悟して、悪者になると決めた。〇・一パーセントでも犬達が虐待されている可能性があるかもしれないなら、自分は軽蔑されてもいいと思ったんだ」

涼也は、沙友里の瞳を覗き込みながら華の思いを代弁した。

沙友里は唇を嚙み締め、首を横に振っていた。

「華はどうして、視察のことを君に話したと？」

「それは、私が協力すればいろいろとやりやすいからでしょう？」

「たしかに、それはある。ただし、それは君が協力したらの話だ。視察の話なんてしたら、沙友里ちゃんが気を悪くするのは容易に想像ができるし、実際に、君は怒った。そうなれば、君が長谷社長に情報を流すかもしれない……というより、その可能性のほうが高い。なのに、なぜ、事前に君に話したか？　それは、君なら自分と同じ考えになると信じているからさ」

涼也は、沙友里の様子を窺いつつ言った。

「信じるのは勝手ですけど、私が真理子社長に報告すると言ったら、どうしますか？　いえ、報告します」

沙友里が、断言した。

「そうか。それは、華の口から聞けばいい。沙友里ちゃんはこう言っているけど、君はどうする？」

涼也は、華に視線を移した。

「仕方ないわね。こうなる可能性も含めて、あなたに協力を仰いだんだから。私に、止める権利はないわ」

華が、嫌味なわけでもショックを受けたふうでもない、落ち着いた口調で言った。

「それなのに、どうして私に通報のことを言ったんですか⁉ 華さんの立場からすれば、私が真理子社長に視察のことを漏らすのは困ることでしょう⁉」

沙友里が、いら立ちを隠さずに訊ねた。

いら立ちの理由……沙友里に、華の気持ちが伝わり始めた証。

彼女は、葛藤していた。

「そうね、たしかに困るわね。でも、私は、万が一通報通りだったら、あなたと一緒に子犬達を救い出したいの」

華が、沙友里を直視した。

「口に出したくもないですけど、通報が事実なら……私がいてもいなくても関係ないじゃないですかっ」

沙友里が視線を逸らしつつ吐き捨てた。

「関係あるわ！ あなたが口に出したくないような事実があるなら……だからこそ、沙友里ちゃんに『Dスタイリッシュ』の子犬達を救い出してほしいの。どんなショックな現実が待っていたとしても、物言えない犬達の命以上に優先するものはないわ。通報がデマだとかデマじゃないとかは関係ない……涼ちゃんが言ったように、可能性が〇・一パーセントでもあるかぎり、ゼロじゃないかぎり私は誰が相手でも視察するわ。人間関係と子犬を救うことは、切り離して考えるべきだということをあなたにわかってほしいの。沙友里ちゃんが信頼する人を容疑者扱いした私のことは恨んでもいいから、それだけは忘れないで」

さっきまでと違い、明らかに華の言葉には感情が載っていた。

相変わらず華から顔を背けたままだが、沙友里の表情にも微かな変化が表れていた。

「昔、友人が小学生の頃に犬を拾ってきたけど、両親に飼ってはだめだと怒られて、大好きなお爺ちゃんの家に引き取って貰おうとしたことがあってね。両親は、ウチで飼わないなら好きにしていいけど、お爺ちゃんは昔気質（かたぎ）の人だからやめておいたほうがいいと忠告した。両親が言うには、お爺ちゃんは犬をペットではなく野良犬として扱うだろうって。友人は、まだ幼かったから言葉の意味がわからなくて、なにより、お爺ちゃんのことが大好きだった。遊びに行くたびに食べきれないほどのお菓子をくれて、人形もたくさん買ってくれて、怒られたことなど一度もなかった。厳しいことばかり言って、あれだめこれだめといって制限が多い両親のことより、お爺ちゃんのほうが好きなくらいだった。友人は、両親の忠告には耳を貸さずに子犬をお爺ちゃんの家に預けた。一週間後の日曜日、友人は子犬に会いにお爺ちゃんの家に行った。お爺ちゃんはいつものように満面の笑みとたくさんのお菓子で出迎えてくれた。友人が子犬に会いたいと言うと、裏庭の犬小屋にいると教えてくれた。胸を躍らせて裏庭に走った友人が眼にしたのは、鎖に繋がれ血塗れ（ちまみれ）で死んでいる子犬の亡骸（なきがら）だった。亡骸のそばには、魚の骨とみそ汁がかけられたご飯が腐敗しハエがたかっていた。子犬の全身の皮膚は引き裂かれ、ところどころ骨が見えていた。よく見ると、眼球もなかった。言葉を失い立ち尽くす友人の隣に立ったお爺ちゃんが、カラスの仕業じゃ、庭を汚しおって、と驚くでもなく苦虫を噛み潰したような顔で言った」

華が言葉を切り、眼を閉じた。

悲痛な記憶が、長い睫毛を震わせていた。

「そんな、ひどい……」

沙友里が、表情を失った。

「でも、そのお爺ちゃんには子犬を虐待した意識はないの。昔の、とくに田舎の人は犬を外で飼うのをあたりまえに思っている人も多かったし、栄養のバランスがどうとか考えないで残飯みたいな餌をやる人も珍しくなかった。友人の話では、子犬が悪戯（いたずら）してお爺ちゃんの雪駄（せった）を咬んでボロボロにした罰に竹の物差しで折檻されて、その傷から細菌が入って……。瀕死になっているところを、カラスに襲われたんだと思う」

「お爺ちゃんは、気づかなかったんですか⁉」

沙友里が、涙声で訊ねた。

「昔の人は餌をやるのは一日一回が普通で、お爺ちゃんは散歩にも連れて行かなくて繋ぎっ放しだったそうだから、子犬の容態の変化に気づかなかったみたいね。友人は、その一件で悟ったそうよ。人は、自分が見ている顔がすべてだとはかぎらない。自分にとっては天使でも、ほかの人にとっても天使だとはかぎらない……ってね」

「細菌感染した子犬を外に放置するなんて……」

沙友里の言葉の続きが、嗚咽に呑み込まれた。

「沙友里ちゃん。長谷社長が、友人のお爺ちゃんのように別の顔があると言っているわけじゃないの。ただ、私はもう、あのときみたいな後悔はしたくないだけ」

涼也は、弾かれたように華のほうを見た。

華の瞳にも、うっすらと涙が滲んでいた。

「え……もしかして、この話って？」

沙友里が、はっとした顔で華を見た。

「え？　あ、ああ、違う違う。その友人の哀しむ姿を見て、という意味よ」

華が、慌てて笑顔で取り繕った。

この話は、涼也も聞いたことがなかった。

恐らく、憐れな子犬の飼い主は友人ではないだろう。

華にそういう過去があったとは……。

「友達の経験があったから、いまの仕事をやろうと思ったんですか？」

訊ねる沙友里の眼から敵意が消え、声からも棘がなくなっていた。

沙友里も、子犬の飼い主が友人ではないと悟ったのだろう。

「そうね。私一人の力なんてたいしたことないけど、虐待されたり捨てられたりする犬猫を一頭でも多く救いたい……それが原動力になっているのはたしかね」

華が、遠い眼差しで言った。

束の間、沈黙が続いた。

三人とも、会話をせずに時が流れた。

涼也は、子犬の憐れな最期を目撃したときの華の心の傷を考えていた。

想像するだけで、胸が張り裂けてしまいそうだった。

子犬の飼い主でもなくその現場を見てもいない涼也でさえそうなのだから、華の傷の深さは想像を絶する。

華は、沙友里に想いを伝えるために、心の奥底に封印してきた悪夢の思い出を話したに違いない。

「……私、視察に協力します」

膝の上で重ね合わせた手に視線を落としていた沙友里が、沈黙を破った。

「いいの？」

華が、念を押すように訊ねた。

「はい。私は、真理子社長を信じていますから」

沙友里が、視線を膝の上に落としたまま言った。

「なぜ、急に協力してくれる気になったの？」

「真理子社長の嫌疑を晴らすなら、潔白を証明するのが一番だと思ったんです。疚（やま）しいことがないなら、どれだけ探してもなにも出てこないはずですから。それに、華さんのお友達の話を聞いて考え直しました。人間に絶対はないかもしれない……そう思うことにしました。華さんの言うように、万が一の可能性を頭から否定して、物言えぬ小さな命を犠牲にしたくないですから」

顔を上げた沙友里が、華をみつめた。

「沙友里ちゃん……もし、あなたの大事な人が知らない顔を持っていたら？　私のほうから頼んでおきながらこんなことを言うのもなんだけど、嫌なら断ってくれてもいいのよ。長谷社長に報告したければしてもいいし、私はあなたを恨んだりしないわ」

華が、沙友里を気遣うように言った。

「いいえ、大丈夫です。私はそうじゃないと信じていますけど、もしもの場合は……」

沙友里が言葉を呑み込み、唇を嚙み締めた。

「ゆっくり考えて、もう一度、明日返事をくれればいいわ」

華は言い残し、ソファから腰を上げた。

「沙友里ちゃん、華を送ってくるからちょっと待ってて」

涼也に続いて沙友里が立ち上がり、華に頭を下げて見送った。

「あとのことは、任せたわ。沙友里ちゃんを、頼むわね」

建物から出ると、華が足を止め涼也に向き直り言った。

「沙友里ちゃんの気が変わったらどうする？」

涼也は訊ねた。

「それなら、仕方ないわ」

「それでいいのか？　沙友里ちゃんが協力してくれたほうが、いろいろとやりやすいんだろう？」

「うん、それはそうだけど、無理強いはしたくないの。じゃあ、タクシーきたから。また、あとで連絡するね」

華は笑顔で手を挙げ、空車のランプを点したタクシーを停めた。

「華」

「なに？」

涼也が呼び止めると、後部座席に乗り込みかけた華が振り返った。

「あの子犬の飼い主って、君のことだろう？」

「友人の話だと、言ったでしょう？」

一瞬、真顔になったがすぐに微笑みを取り戻した華は後部座席に乗った。

「じゃあね」

窓越しに手を振る華……テイルランプが見えなくなるまでタクシーを見送った涼也は、ため息を吐いた。

自分は華のことを知っているようで、なにもわかってあげていなかった。

涼也は、胸のペンダントロケットを握り締めた。

街金融時代……涼也が追い詰め夜逃げした飼い主が置き去りにして餓死したラブラドールレトリーバーの子犬の遺骨が入っていた。

トラウマを抱えているのは、自分ばかりではなかった。

華も、生涯、癒えることのない深い傷を心に負っているのだ。

踵を返し建物に戻ろうとした涼也の視線の先に、人影が立っていた。

「沙友里ちゃんも見送りに出てきたの？」

涼也は訊ねながら、沙友里に歩み寄った。

「私、誤解していました」

沙友里が、きれいな月が浮く夜空を見上げながら言った。

「え？　なにを？」

「華さんのことです。なんて心の冷たい人だと思いました。だから、所長のことも理解できないんだって……でも、違った。華さんの真意を理解できていなかったのは、私のほうでした。温かい心の持ち主だからこそ、自分の経験したつらい思いを私にさせたくないからこそ、先入観を抱かずに視察に協力してほしいと……そんな華さんを悪く思ったりして、私はだめな人間ですね」

沙友里が、空を見上げたままため息を漏らした。

「仕方ないよ。たとえば僕なら、君が虐待している可能性があるから視察に協力してほしいと言われているようなものだから。沙友里ちゃんにとっての社長も、それくらい信頼している人なんだろうからね」

「ありがとうございます。もし、そういう通報が入ったと華さんに言われたら、所長はどうしますか？　私を疑いますか？」

沙友里が、空から涼也に視線を移した。

「疑わないよ」

躊躇(ためら)わずに首を横に振りながら、涼也は言った。

「じゃあ、立ち入り検査みたいなことはしないんですか？」

「いや、すると思う。もちろん、君に虐待している可能性があるかもしれないと思っているからじゃない。沙友里ちゃんに疑惑の眼を向けている人達に、潔白を証明するためだよ。事前に君に話さないのも、証拠隠滅したんじゃないかと周囲に言われないためさ」

涼也は、言外の思いを込めた瞳で沙友里をみつめた。

言外の思い――涼也も華も、長谷社長を疑っているわけではないという思い。

「そうですよね。真理子社長のためにも、華さんに協力します。でも、どうしてそんな通報が入ったんだろう……」

一転して、沙友里が困惑の表情になった。

「さあ、どうしてだろうね。長谷社長が無実なら、誰かほかの人間の仕業、または店か社長に個人的な恨みを持っている人か同業者の嫌がらせ……いずれにしても、デマであってほしいよ。もし、通報内容のようなことが行われていたとしたら、誰が犯人であろうと関係ない。子犬達がひどい目にあっているのは事実なわけだからね」

涼也は、祈りを込めた瞳で空を見上げた。

どうか、通報は誰かの悪戯であってほしい……沙友里のために、なにより、無力な幼き命のために。

「訊いてもいいですか？」

涼也は沙友里に視線を戻し、頷いた。

「所長から見て、私のいいところってなんですか？」

沙友里が、はにかみながら訊ねてきた。

「優しくて、真面目で、動物思いで、かわいくて……君のいいところは、たくさんあるよ」

「じゃあ、華さんのいいところ……いま挙げたことは彼女にも当てはまりますから、私になくて華さんにあることを教えてください」

質問を重ねる沙友里の顔からはにかみは消え、真剣な表情になっていた。

「あまり深く考えたことないけど……僕のダメなところを知っていることかな」

「え？ 所長に、ダメなところなんてありませんっ。所長は完璧で尊敬できる人です！」

沙友里が、ムキになって言った。

「ありがとう。でも、現実の僕は、そんなに立派な人間じゃない。物事を決めつけたり、人の心の痛みがわからなかったり、臆病で現実逃避しようとしたり……そんな僕のダメなところを華はすべて知っているし、優しく慰めたり励ましたりなんてしない。僕のダメなところを、真正面から叱ってくれる。僕が気づくまで決して許すことなく、叱り続けてくれる。自分が悪者になっても、嫌われても、僕に笑顔は見せてくれない。あ、なんか、こんなことを言うと僕がMみたいに勘違いされちゃいそうだね」

涼也は照れ隠しに、冗談めかして言った。

「そんなふうに思いませんから、安心してください」

沙友里も笑ってくれ、涼也は安堵した。

「なんだか、わかる気がします。私になくて華さんにあるものは、強い優しさなんだと思います。私は、男女問わずに大切な人のことを傷つけたくなくて、華さんみたいに突き放すことはできないと思います。でも、その大切な人のために、心を鬼にすることも必要なんですね。あ〜あ。やっぱり、華さんには敵わないな！」

沙友里が、伸びをするように両手を天に突き上げながら言った。

「そんなことないって。君は君で、とても魅力的な女性だよ」

涼也は、本心からの気持ちを口にした。

「じゃあ、華さんと別れて私とつき合ってください」

唐突に、沙友里が真顔で涼也をみつめた。

「えっ……」

「冗談ですよ。そんなに固まったら、傷つくじゃないですか！」

沙友里が、頰を膨らませ涼也を睨みつけた。

「ごめんごめん……」

「ほら、そうやって謝るのも傷つくものなんですよ」

沙友里は言うと、涼也に背を向けた。

「どれだけ待っても所長は振り向いてくれないって、わかってよかったです。だって、三十になってから気づいたら婚活も大変になるじゃないですか」

背を向けたまま、沙友里が言った。

口調は明るいが、微かに声はうわずっていた。

「でも、しばらく人間の男性は好きになりません。私には、ワンコとニャンコがいますから」

振り返った沙友里が、笑顔で言った。

月明りを反射する頬の轍(わだち)に、涼也は気づかないふりをして微笑みながら頷いた。

「最後に、一つだけお願いがあります」

思い詰めたように、沙友里が切り出した。

「なんだい?」

「思い出として、私を抱き締めてキスしてください」

沙友里の濡れた瞳が、想いを乗せて涼也の瞳を貫いた。

「え? あ、ああ……で、でも、それはちょっと……」

予期せぬ願い事に、涼也は動転した。

「また引っかかりましたね! 冗談ですって! ほかの女性しか目に入らない所長に抱き締められてキスするより、トップとハグしてキスしたほうがましですよ! もう遅いですから、早く戻って明日の視察に備えましょう!」

沙友里は歌うように言うと、弾む足取りで「ワン子の園」の建物に向かった。

不意に、沙友里が足を止めた。

「どうしたの？」

涼也は訊ねた。

「あの、明日、所長も視察にくるんですよね？」

背を向けたまま、沙友里が確認してきた。

「ああ、もちろんだよ。なんで？」

「よかった……心強いです」

沙友里は言うと、振り返らずに足を踏み出した。

涼也はふたたび夜空を見上げた。


明日、彼女にこれ以上、傷つく出来事が起きませんように……。

青白い光を放つ幻想的な月に、涼也は祈った。

# 9

代官山駅近くの雑貨店の前で、長袖の白いブラウスにデニムのパンツを穿いた女性……華が、改札を出た涼也に大きく手を振った。

「ごめん、待った？」

小走りに華のもとに駆け寄りつつ、涼也は訊ねた。

「ううん、私も着いたばかり。昨日は、沙友里ちゃんの説得を手伝ってくれてありがとうね」

「僕なんか、たいしたことはなにもやってないさ。君の動物への深い思いが、沙友里ちゃんの心を動かしたんだよ」

本心からの言葉だった。

「だといいけど。とにかく、沙友里ちゃんが協力してくれて助かったわ。もう、店に出てるよね？」

華が、スマートフォンのデジタル時計に視線を落とした。

「さっき、店に着いたって連絡が入ったよ。因みに、午前中は沙友里ちゃんともう一人の女性トリマーの二人だけらしい」

「Dスタイリッシュ」のオープンは午前十時からで、いまは九時五十五分だった。

「じゃあ、視察もやりやすいわね。少し早いけど、行きましょう」

華が八幡通り方面に向かって歩を踏み出した。

「ところで、今日の僕の役目は？」

華と並び歩きつつ、涼也は訊ねた。

「普段のままよ」

「え？」

「私達はカップルで、犬を飼おうとペットショップを訪れた。普段通りと違うのは、異変があるかどうかをチェックしてほしいってこと」

「虐待の痕跡のことだね？」

華が頷いた。

「涼ちゃんも知っていると思うけど、動物虐待している店は、表向きが健全で問題なさそうに見えても、どこかに必ずサインが潜んでいるの」

今度は、涼也が頷いた。

華の言うサインとは、ひとつのことを指しているのではない。

客の目に触れる空間は整頓されていても、バックヤードが雑然として不衛生であったり、かぎられたスタッフしか立ち入れないスペースが設けられていたりと様々だ。

昨夜の段階で沙友里から聞いたかぎりでは、販売フロアはもちろん、トリミングルーム、更衣室、休憩室などのバックヤードも清潔に保たれ衛生上の問題はないということだった。

ただし、気になることも言っていた。

「昨日、沙友里ちゃんが言っていたんだけどさ……」

涼也は、沙友里から聞いた話を華に伝えた。

「まあ、彼女が言うんだから、バックヤードの衛生面も問題はなさそうね。本当は、仕入れリストとかを見せて貰えれば事がスムーズに運ぶんだけど……。通報が入ったというだけの現状では、そこまでの強制力はないしね」

華がため息を吐いた。

「沙友里ちゃんの話ではバックヤードに五部屋あって、そのうちの一つに金庫室があるらしいんだ」

涼也は、沙友里の話で気になったことを口にした。

「金庫室？　なにそれ？」

華が、怪訝そうな顔を向けた。

「フロントヤードは、販売用の生体を置くスペースが十坪、バックヤードは全部で三十坪で、オーナールームが十坪、トリミングルームが五坪、更衣室が五坪、休憩室が五坪……そして、金庫室が五坪という内訳らしい」

「沙友里ちゃんは入ったことがないの？」

「金庫室だから、社長以外は立ち入り禁止みたいだね。まあ、売り上げを管理している部屋だから、防犯上、当然と言えば当然なんだろうけどさ……」

涼也は、歯切れの悪い口調で言った。

「でも、ペットショップにわざわざ金庫室なんて作るかしら。不自然じゃない？　普通ならオーナールームがあるんだったら、そこに金庫を置くと思うんだけど。泥棒とかに入られてもそこが金庫を置いてある部屋だと悟られたくないものでしょう？　殊更、金庫室と強調するのは、スタッフに立ち入らせないための大義名分としか思えないわ」

「僕も、そこに違和感を覚えていたんだよ」

涼也も同感だった。

金庫のある場所は、隠したいのが普通の感覚だ。

「鍵とか、どこかに置いてあるのかな？」

思い出したように、華が訊ねてきた。

「さすがに金庫室の鍵は、置いておかないだろう……っていうか、もし置いてあっても、勝手に入るわけにはいかないよ」

涼也が言うと、華が考え込む表情で黙り込んだ。

そうこうしているうちに、「Dスタイリッシュ」のテナントが入る打ちっ放しのコンクリートのビルが見えた。

「なにか、方法はないかしら……」

店から十メートルほど手前で足を止め、華が独り言ちた。

「金庫室に入る方法？」

涼也も足を止め訊ねた。

「うん。直感だけど、そこに秘密が隠されている気がするの。鍵があったとしたら、ドアを開けて貰うだけならいいんじゃない？ 室内には入らずに、中を覗くだけ。そしたら、不法侵入にはならないでしょう？ ねえ、あなたはどう思う？」

華が涼也に意見を求めてきた。

「どうだろう。鍵を開けた時点で不法侵入は成立するような気もするけど。仮にならなくても、もし、生後四ヵ月を過ぎた子犬がいたらどうするんだい？ すぐに命にかかわる状態でなければ、一度帰って強制立ち入り検査の手順を踏めばいいんだろうけど、早くても二、三日はかかるよね？」

「そのときは、すぐに犬達を救出するわ」

「だけど、不法侵入に……」

「わかってる。でも、目の前に虐待されている子達がいるのに見殺しにできないわ。それは、涼ちゃんも同じでしょう？」

華が涼也を遮り、瞳をみつめた。

「もちろんさ。だけど、問題は沙友里ちゃんの立場だね」

涼也は即答したのちに、一番の懸念を口にした。

「そうね。それは私も考えていたの。協力してくれた沙友里ちゃんに迷惑をかけるわけにはいかないしね……」

華が思案の表情になった。

「まあ、ここで仮の話をして、いくら悩んでも仕方ないし、金庫室のドアを開けられたわけじゃないからね。とりあえず、店に入ろう」

涼也は華を促し、足を踏み出した。

☆

「いらっしゃいませ……あ、おはようございます。今日は、どうしたんですか?」

涼也が「Dスタイリッシュ」のドアを開けると、子犬達の吠え声の中、ケージのトイレシートを交換していた沙友里が打ち合わせ通りの対応で出迎えた。

「近くに用事があったから、ちょっと寄ってみたんだ」

涼也も打ち合わせ通りの言葉を口にしながら、販売フロアに足を踏み入れた。

こぢんまりした縦長の空間の両サイドの壁に埋め込まれたケージは、上段、中段、下段にそれぞれ三頭……計十八頭の子犬がいた。

トイプードル、チワワ、ミニチュアダックスの人気御三家に加え、シーズー、ポメラニアン、ヨークシャーテリアなどの昔ながらの定番の愛玩犬、マルプー、チワックスなどのミックス犬が販売されており、中型犬ではラブラドールレトリーバーとゴールデンレトリーバーの子犬がいた。

血統がいい子犬を揃えているらしく、どの犬種も三十万円以上の値がつけられていた。

もう一人の女性スタッフは、ガラス越しのトリミングルームでトイプードルのカットをしている最中だ。

「わぁ、かわいいわね！　この子はなんの犬種？」

華が、トリミングルームから離れた入り口近くのケージに歩み寄りながら沙友里に訊ねた。

もちろん、子犬の犬種を訊くのが目的ではない。

「この子は、ラブラドゥードルと言って、ラブラドールレトリーバーとプードルのミックスです。最近、人気なんですよ」

沙友里が、笑顔で説明した。

涼也はケージの子犬を熱心に見ているふりをしながら、トリミングルームの女性スタッフから沙友里と華が死角になるような位置に立った。

「単刀直入に訊くけど、金庫室の鍵は誰が持っているの？」

華が囁き声で訊ねた。

「鍵は社長が持っています」

沙友里も囁き声で返した。

「そうよね」

わかってはいたことだが、華がため息を吐いた。

「でも、スペアキーのある場所は知っています」

「スペ……スペアキーがあるの？」

上がりかけた声のボリュームを絞り、華が質問を重ねた。

「はい。以前、掃除をしているときに偶然、発見したんです。もしかしたらほかの部屋の鍵かもしれませんが、それならわざわざ隠さないと思うんです」

「たしかに、そうね。スペアキーはどこにあるの？」

もう一人の女性スタッフはトリミングに集中しており、こちらの様子はまったく気にしていなかった。

「壊れて使っていない業務用のドライヤーが一台あるんですが、その中です」

「ドライヤー？」

「ええ。壊れているから誰も触りませんし、でも、社長が店をオープンさせたときから使っていたものなので愛着があって……それで、私が毎日お手入れをしているんです」

沙友里が、嬉しそうに言った。

「なるほど、スペアキーの隠し場所としては最適ね。そのスペアキー、手に入る？」

華が、さらに声のボリュームを落とした。

「カンナちゃんがいないときなら、ドライヤーから取り出せますけど……もしかして、金庫室に入るつもりですか？」

沙友里が、怖々と訊ねた。

「そのつもりだけど、やっぱりまずいよね？　あとから、社長に沙友里ちゃんが怒られるものね」

「私は平気です。華さんに協力すると決めてから、社長に怒られるのは覚悟の上です。でも、真理子社長は虐待なんてしていないと信じているし、それを証明するために華さんに協力しているので、きっとわかってくれると思います。私が心配しているのは、所長と華さんのことです」

「私達の？」

「はい。金庫室に入れば不法侵入になりますよね？」

「そうね。虐待に関する証拠や手がかりがなにもなかった場合は、長谷社長に事情を話した上でお詫びするつもりよ」

華が即答した。

令状なしの立ち入り検査が空振りに終わった場合、華は動物愛護相談センターからなんらかの処分を下されるのは間違いない。

長谷社長の出方次第では、最悪、懲戒免職ということもあり得る。

正直、華にとっては危険な賭けだ。

動物を救うことを最優先し、自らの立場は後回しにする……それが、華という女性だ。

「そうですか。わかりました。ただ……」

沙友里が言葉を切り、トリミングルームのカンナに視線を移した。

「彼女のトリミングは、いつ終わるの?」

涼也は訊ねた。

「カットはもうすぐ仕上げ段階に入りますけど、シャンプーして乾かして……あと、一時間はかかると思います」

「一時間か……それまでに、ほかに誰か出勤してくる予定は?」

「スタッフは夕方まで私達二人ですけど、あの子のトリミングが終わるまでにはほかに二頭の予約の子がきます」

「そしたら、二人とも手が空かなくなるってわけね」

華が言うと、沙友里が頷いた。

「店が暇なのはいまの時間帯だけで、夕方まで予約のお客様が入っているんです」

「なにか、いい方法はないかな……」

涼也は思案した。

もたもたしているうちに、予定外に真理子が現れないともかぎらない。

「私に考えがあります。任せてください」

そう言い残し、沙友里がトリミングルームに戻りカンナに話しかけた。

カンナはトリミングの手を止め、遠慮がちに顔の前で手を振っている。

沙友里がカンナに笑顔でなにかを言いながら、鋏を受け取った。

カンナが沙友里に頭を下げ、トリミングルームの奥へ消えた。

ほどなくして、エプロンを外したカンナが現れトリミングルームから出てくると、涼也と華に会釈をして外に出た。

ガラスの向こう側から、沙友里が手招きしていた。

涼也と華は顔を見合わせ、トリミングルームに入った。

「彼女は、どうしたの？」

華が訊ねた。

「このあと予約客が夕方まで続くから、少し早いお昼休憩を取ってきてと言いました。最初は遠慮していましたが、私はダイエット中で昼抜きだと言ったらうまくいきました。あと一時間は戻ってこないので、その間は大丈夫です。この子を、お願いします」

沙友里がトリミング中のトイプードルを涼也と華に預け、フロアの片隅の業務用のスタンドドライヤーのほうに向かった。

沙友里は、吹出口のノズルカバーを回転させていた。

何回か回すとノズルカバーが外れ、沙友里が吹出口に手を差し入れていた。

「取れました」

沙友里が、右手に摘まんだスペアキーを掲げつつ小走りに駆け寄ってきた。

「ありがとう。このお礼は、ちゃんとするから」

華がスペアキーを受け取り、感謝の意を伝えた。

「いえ。お礼なんて、とんでもありません。社長の潔白を証明したいという、私の思いもありますから。それより、早くしたほうがいいですよ。金庫室は、そこのドアを出て通路を右に曲がった突き当りにあります」

沙友里は華と涼也にドアを指差し言うと、トイプードルのトリミングを再開した。

平静を装ってはいるが、内心、不安と動揺で穏やかではないはずだ。

「行きましょう」

華が涼也に目顔で合図した。

トリミングルームを出ると沙友里の言う通りに細長い通路があり、右の突き当りにスチールドアが見えた。

涼也は、華の後に続いた。

ドアの前で立ち止まった華が、涼也を振り返った。

「涼ちゃんは、誰かこないかここで見張ってて」

涼也は無言で華のスペアキーを奪った。

「ここまできて、僕を外す気かい？」

涼也は、笑顔で言った。

「金庫室には、間違いなく防犯カメラがあるでしょう。これは動物愛護相談センターにきた通報で、涼ちゃんが責任を負う必要はないわ」

華が言いながら、スペアキーを催促するように右手を出した。

「僕は、婚約者だけに罪を被せるような男にはなりたくないよ」

涼也は微笑みを残し、華に背を向けるとシリンダーにスペアキーを差し込んだ。

スペアキーを回すと、解錠音がした。

やはり金庫室のスペアキーで、間違いないようだった。

涼也は華に頷き、ドアを引いた。

かなり重いドアだ。

体重を後方にかけると、軋みつつドアが開いた。

防音仕様なのだろう、普通のドアより厚みがあった。

「これは……」

トリミングルームと同じくらいの空間に広がる光景を見て、涼也は絶句した。

「やっぱり……」

隣で華が、顔を強張らせていた。

五坪ほどのスクエアな空間には、コンテナのようにケージが並べてあった。

縦一メートル、横五十センチほどの長方形のケージが三個ずつ三列……合計九個並べてあり、中にはフロアの子犬より一回り以上身体の大きな子犬達が窮屈そうに入っていた。

ケージの上には犬種、性別、生齢の書き込まれたラベルが貼ってあり、扉には給水器が設置されていた。

ケージ内の、空のステンレスボウルも目に留まった。

パッと見渡しただけでも世話が行き届き、衛生的にも問題はなさそうだった。

エアコンはつけっぱなしで、犬達にとって快適な室温が保たれていた。

「毎日、世話にきているようだね」

涼也は、すべてのケージの給水器の水が半分以上残っているのを見て見当をつけた。

「ということは、今日もチェックに訪れるってことね」

華が厳しい表情で言った。

「とりあえず、容態チェックしよう。僕は奥から」

涼也は言いながら、部屋の奥に進み腰を屈めた。

天井には予想通り防犯カメラがあったが、涼也は構わずに生後五ヵ月、雄のミニチュアシュナウザーのケージを開けた。

ペットショップの売れ残りだから、名前はついていないのだろう。

ミニチュアシュナウザーは、上目遣いで涼也を見上げたままケージから出てくる気配はなかった。

このミニチュアシュナウザーの様子を見ていると、世話をしている人物は子犬達のためではなく、売り渡す大学病院にたいして体裁をつくろっているように思える。

「大丈夫だよ。僕達は味方だからね」

優しく声をかけながら、涼也はそっとミニチュアシュナウザーに手を伸ばした。

ゆっくりとケージから出し、抱っこしたまま手早く白目、下瞼の裏、歯茎の色をチェックし、身体を触診した。

健康状態に異常はなさそうだった。

ただ、ストレスが溜まっているのだろう、毛艶はよくなかった。

餌や水の交換はして貰っても、散歩には出ていないのは腰と大腿部の筋肉の付きかたでわかった。

「すぐに広いところに出してあげるから、もう少し我慢してね」

涼也はミニチュアシュナウザーをケージに戻し、隣……生後六ヵ月の雌のトイプードルの扉を開けた。

やはり、ケージの奥に座ったまま出てこようとはしなかった。

「おいで、怖くないよ」

涼也はプレッシャーを与えないためにトイプードルの視界から外れ、優しく呼びかけた。

「ポメちゃん、狭いところに閉じ込められてかわいそうだね。もう少し待ってね」

華はポメラニアンを抱き上げ、容態をチェックしていた。

涼也は、トイプードルが出てくるのを根気よく待った。

ミニチュアシュナウザーより一ヵ月歳を重ねているということは、一ヵ月長くこの環境に閉じ込められていたということを意味する。

冷房が利いた部屋で、水も餌も与えられ、トイレシートの交換もして貰う環境は恵まれている……と思う人もいるのかもしれない。

だが、同じ条件で人間が狭い檻に閉じ込められていたら、数日で正気を失うに違いない。

トイプードルが、恐る恐るケージの外に顔を覗かせた。

「いい子だね～。その調子、その調子……いいぞ」

涼也は、刺激しないようにトイプードルに声をかけた。

華は既に三つ目のケージの柴犬を抱き上げ、身体の隅々まで触診していた。

トイプードルの身体が完全にケージから出てきたところで、涼也は抱き寄せた。

「頑張ったな。よしよし、えらい、えらい」

涼也は、トイプードルの背中を撫でつつミニチュアシュナウザーと同じように素早くチェックした。

「この部屋に売れ残った子犬がいるかもしれないと思っていたけど、ここまできちんと世話をしているとは意外だったわ」

「ペットショップで犬を販売するのと同じ感覚なんだろう」

トイプードルをケージに戻しながら、涼也は吐き捨てるように言った。

「大学病院に売り物になるように、健康状態に気を遣っている……そういうことよね？」

華の言葉に涼也は頷きつつ、次のケージを開けると生後五ヵ月の雌のチワワを抱き上げた。

「困ったわ」

華がため息を吐いた。

「どうして？　こうやって、生後四ヵ月を過ぎた子犬達を密室に閉じ込めていた証拠を押さえたじゃないか？」

「そんなの、店のスペースの問題でここを予備の飼育部屋にして、順番にフロアに出すと言われたら終わりよ」

「だって、ここにいるのは、四ヵ月を過ぎて大きくなった子犬ばかりだよ？　それは、ちょっと無理があるんじゃないかな？」

涼也は言いながら、チワワをケージに戻した。

「無理があっても、清潔な環境で温度調整をした部屋で飼育している事実があるんだから、売り物だと言われたらそれを否定できないわ。散歩だって、きちんとさせていると言われれば、それ以上の追及はできないでしょう？」

華が苛立たしげに言った。

「私が……証言します」

涼也と華は、ほとんど同時に視線をドアに移した。

顔面蒼白な沙友里が、立ち尽くしていた。

「証言って、なにをだい？」

涼也は訊ねた。

「ここに子犬達がいることを……私達スタッフは……まったく知らされていませんでした……」

相当にショックを受けているのだろう、沙友里が切れ切れの声で言った。

「そうか。沙友里ちゃん達スタッフの証言があれば、この子達が売り物ではないと証明できるってわけだね」

沙友里が、強張った顔で頷いた。

何年も勤務している店で、自分の知らないところで売り時を過ぎた子犬達が隠されていたという現実を目の当たりにし、さすがに沙友里も真理子の裏の顔を認めざるを得なかったのだろう。

「ありがとう、沙友里ちゃん。でも、いいのかい？　君の尊敬している人を敵に回すことになるんだよ？　それに、もし気が変わっても、この防犯カメラに……」

「防犯カメラは、出勤してすぐに切りました。販売フロアにも防犯カメラはあるので、電源の場所を知っていましたから。金庫室の防犯カメラも、同じ電源だと思います」

涼也を、沙友里が遮った。

「でも、電源なんか切ったら君達スタッフが疑われてしまうんじゃないか？」

「空調関係の電源と同じ場所にあるので、以前にも何度か間違って切ったことがあるんです。いままでも軽い注意で済みましたから、ここを元通りにしておけば不審に思われることはありません」

言い終わらないうちに、沙友里がまだ開けていないケージからフレンチブルドッグを抱き上げた。

「二、三十分もすれば、カンナちゃんが戻ってきます。彼女には、知られたくありませんから急ぎましょう」

沙友里は言いながら、フレンチブルドッグの歯茎のチェックを開始した。

「そうだね」

涼也も次のケージに移った。

残りのケージは、あと三つだ。

「それに、私が証言すると決めたのは真理子社長を糾弾するためじゃなくて、真相を知りたいからです。ここにいる子犬達は、たしかに『Dスタイリッシュ』で売る子ではありません。でも、一、二ヵ月前まではウチにいた子犬達です……」

沙友里の声は震えていた。

「売れなくなったと判断された子犬達のことを、長谷社長は君達になんて説明しているの?」

手の動きは止めずに、涼也は素朴な疑問を沙友里にぶつけた。

「売れないと判断された子犬達は、社長が知り合いや老人ホーム、養護施設に安く譲り渡していると聞いていました」

沙友里の瞳には、うっすらと涙が溜まっていた。

「その子犬達が、スタッフにも内緒で立ち入り禁止の部屋で飼われていたという事実は、長谷社長への疑いが深まってしまうね」

「なにか事情があるのかもしれません。疑いを晴らすためにも、私が華さん達に協力したこと、ここで子犬達が飼育されていたこと、スタッフは知らされていなかったことを真理子社長に伝えて構いません」

沙友里が、唇を引き結んだ。

「潔白でも、長谷社長は君を解雇したりせずに許してくれるという自信があるんだね？」

涼也が訊ねると、沙友里が頷いた。

「気持ちはありがたいけど、沙友里ちゃんの証言はいらないわ」

それまで黙っていた華が口を開いた。

「気を遣わないでください。私は……」

「気を遣っているわけじゃないのよ」

華が沙友里を遮った。

「じゃあ、どうしてですか？」

沙友里が、怪訝そうな顔で訊ねた。

「あくまでも、長谷社長がクロだという前提での話だけど、沙友里ちゃんの証言があっても、スタッフに負担をかけないために自ら世話をしていたと言われればそれ以上の追及はできないわ」

「そうだとしても、隠す必要ないじゃないですか」

「社長が世話をしているとあなた達に知られれば気を遣わせてしまうから、内緒にしていたと言えばそれまでよ。ケージに閉じ込められているという以外は、新しい貰い手が決まるまでの間、利害抜きで世話をしていたと言っても通用する説得力のある飼育状態だから。夜、散歩に連れ出していると言えばツッコミどころは一つもなくなるわ。虐待どころか、むしろ、長谷社長は心優しい動物愛に満ちた人、というふうに人々は思うでしょうね」

淡々とした口調で沙友里に説明する華を見て、涼也は自らの甘さを痛感した。

「だったら……真理子社長は本当に、そうしている可能性もありますよね？」

縋るような瞳で、沙友里が華をみつめた。

やはり、真理子のことを信じたいのだろう。

「とりあえず、話の続きはあとにしてここを出よう。もう、チェックは終わったよね？体調に問題ある子はいた？」

涼也は二人に訊ねた。

「私のほうは問題なしよ」

「私がチェックした子も大丈夫です」

涼也は二人の返事を聞くと、ケージの位置を元通りにした。

「行こうか」

華に続き、沙友里と涼也も部屋を出た。

「カンナちゃんって子は、あとどのくらいで戻ってくるの？」

トリミングルームに戻ってきた涼也は、沙友里に訊ねた。

「あと十分くらいだと思います」

「ここだと疑われるから、さっきみたいに子犬を見ているふりをしてフロアで話そう」

言い終わらないうちに、涼也はトリミングルームから販売フロアに移動した。

「さっきの君の質問にたいしての僕の感想は、可能性はゼロじゃないけれど、あの子達が十分な散歩をさせて貰っていたとは思えないな」

ジャックラッセルテリアのケージの前に立った涼也は、話の続きを再開した。

「どうしてですか？」

「僕がチェックした三頭とも大腿部の筋肉が未発達だったし、肉球がつるつるしていたんだ。毎日散歩している犬の大腿部にはもっと筋肉がついているし、肉球も傷がついてザラザラしているものだから」

「私の診た四頭も同じだった。沙友里ちゃん。残念だけど、長谷社長の貰い手がみつかるまで世話をしていたっていう言葉は信じられないわ。本当にあの子犬達のことを考えているなら、あんな狭いスペースに隠して飼うより、利益にはならなくても里犬ボランティアに持ち込むはずでしょう？　それに、あなたが『ワン子の園』でボランティアをやっているのを知っているんだから」

華の言葉に、沙友里が唇を嚙んで俯いた。

本当は、彼女もうすうす感づいているのかもしれない。

しかし、最悪の真実を受け入れる心の準備ができていないのだろう。

「これから、どうするつもり？」

涼也は、華に訊ねた。

「金庫室にいる子犬達が、獣医学部の手術の練習用として大学病院に引き渡されるために飼育されているという証拠を押さえなきゃね。あ、ごめんね。あくまでも、通報が本当だったらと仮定しての話だから」

明らかにショックを受けている沙友里に、慌てて華は取り繕った。

「大丈夫です。あの子犬達の存在を知った以上、私も真相を知りたいです」

懸命に平静を装い、沙友里が言った。

「証拠を押さえるって、どうやって？」

涼也は話を進めた。

まもなくカンナが戻ってくるので、ゆっくりはしていられない。

「長谷社長を尾行するわ」

「尾行⁉」

涼也は素頓狂な声を上げた。

「ええ。ここの営業時間が終わったら、長谷社長は子犬達の世話に現れるはずよ。そのあと、なにかのアクションがあるかもしれないでしょう？」

「子犬をどこかに移動させるってこと？」

　華が頷いた。

「そんなにタイミングよく、移動させるかな？」

「もちろん、毎日通い詰めるつもりよ。いつかは、必ず移動させるはずだから」

「子犬達をどこかに運び出すまで、毎晩、張り込むつもりかい？」

　ふたたび、華が頷いた。

「営業時間前にも、運び出す可能性があるんじゃないかな」

　涼也は、懸念を口にした。

「そのときは、私が尾行します」

　沙友里が、意を決した表情で口を挟んだ。

「え⁉ あなた、それで平気なの？」

　すかさず、華が訊ねた。

「はい、大丈夫です。毎日早めに来て、外から見張っています」

　力強く、沙友里が即答した。

「その気持ちは嬉しいけど、君は開店準備や仕事があるから、店を離れられないだろう？」

涼也は疑問をぶつけた。

切れ目なくトリミングが続けば、尾行どころか休憩も取れないはずだ。

「今月は、私がこっちのシフトに入っているときは亜美が『ワン子の園』に入っています。真理子社長が子犬達を連れ出したら亜美に連絡を入れて、私はあとを追います。所長は、彼女を『Dスタイリッシュ』に行かせてください。中野から代官山なら、タクシーで三十分もあれば到着します。そのくらいなら、予約時間をずらしても平気です」

沙友里が、気丈に言った。

「わかった。じゃあ、そのときは僕が車で亜美ちゃんを『Dスタイリッシュ』に送り届けるよ。それから、夜は僕も一緒に張り込むから」

涼也は、沙友里から華に視線を移した。

「いいの？　そんなことまで頼んじゃって？」

華が、申し訳なさそうな顔を向けた。

「もちろんさ。あの子犬達の命に関わる問題かもしれないんだから」

「なんか……すみません……」

沙友里が鼻声で言うとうなだれた。

彼女の足もとの床に、滴が落ちて弾けた。

「君が悪いわけじゃないから、謝る必要はないよ」

「そうよ。沙友里ちゃんはなにも悪くないわ」

涼也と華は、沙友里に励ましの言葉をかけた。

慰めではなく、彼女に責任はない。

「いいえ。目と鼻の先にあの子達がいることに気づかずに……私がもっと早くに気づいてあげていたら……」

沙友里の声が嗚咽に呑み込まれた。

「目的はさておき、水も餌も与えられているし室内温度も保たれている。子犬達の容態がすぐにどうこうなる劣悪な環境じゃないから。僕達がいまやるべきことは、自分を責めることじゃない。真相を究明して、長谷社長が通報通りの悪行を働いているかどうかを一刻も早く突き止め、もしそうだったら……間違いを正し子犬達を救うことだよ」

涼也は、沙友里に言い聞かせるのと同時に自らを戒めた。

# 10

今夜は、「Ｄスタイリッシュ」の左対面の路肩に停めたプリウスに涼也と華は乗っていた。

初日は右対面の路肩、二日目は「Ｄスタイリッシュ」側の通りの十メートルほど離れた路肩で張り込んでいた。

毎晩、同じ場所に同じ車が停車していると警戒される恐れがあるので場所は変えていた。目立たない車種で張り込みたかったので、華のプリウスを使っていた。

「なにか別の事情があるのかな……」

運転席の涼也は、独り言ちた。

涼也と華が、営業終了後の「Ｄスタイリッシュ」を張り込み始めてから四日目。

三日とも真理子は、二十一時から二十二時の間に現れ店に入った。

だが、真理子が金庫室の子犬達を連れ出すことはなかった。

建物に裏口がないのは、沙友里に確認済みだった。

真理子が店に顔を出しているのは、子犬達の世話をするためだろう。

「別の事情って？」

助手席の華が、フロントウインドウ越しに「Dスタイリッシュ」のガラス扉を凝視しながら訊ねてきた。

「たとえば、誰か知り合いに譲るとか……」

涼也は、そうであってほしいという願いを込めた。

「だといいけど、それは厳しいわね」

にべもなく、華が言った。

「どうして？」

訊ねながら、涼也はコンビニエンスストアで調達した無糖の缶コーヒーを差し出した。

「ありがとう。だって、それなら立ち入り禁止の部屋に隠す必要はないでしょう？」

華が缶コーヒーを受け取り、プルタブを引いた。

本当は、涼也にもわかっていた。

沙友里の気持ちを考えての、希望的観測だということを。

しかし、解せないこともあった。

「だから、なにかの事情だよ。だって、子犬達を手術の練習台や製薬会社の実験台に売り飛ばすような人だったら、こんなにマメに世話をしにくるかな？」

涼也は、唯一、引っかかっている疑問を口にした。

「この前もそんな話をしたけれど、不衛生な状態で飼育して体調を崩したら引き取ってくれないからじゃない？」

　華はあっさり言うと、缶コーヒーを傾けた。

「僕が引っかかっているのは、長谷社長が自ら子犬達の世話に訪れていることだよ。たまに様子を見にくるのならわかるけど、毎日、自分で世話をするかな？」

「だからよ」

　すかさず、華が言った。

「え？」

　涼也は、口もとに運びかけたおにぎりを持つ手を宙で止めた。

「スタッフに頼めないような疚しいことだから、自分でやるしかないのよ。じゃなきゃ、頼めばいいでしょう？　引き取り手が現れるまで、世話をお願いってね。私は、長谷社長はクロだと思うわ」

　華が断言した。

「スタッフにはそうかもしれないけど、疚しい事情を話しても頼める知り合いはいるんじゃないかな？」

　涼也の言葉に、華がため息を吐いた。

「涼ちゃん。気持ちはわかるけど、妙な期待を持っちゃだめよ。そのへんの疑問については、散々、話し合ったじゃない。もちろん百パーセントの確証はないけど、スタッフに知らされていない子犬達が金庫室に閉じ込められているという現実を、この眼で見たことを忘れないで」

華が、正面を向いたまま釘を差してきた。

「そうだね。でも、子犬達のためにも沙友里ちゃんのためにも、君の予想が外れていてほしいよ」

涼也は複雑な笑みを浮かべつつ、板チョコを差し出した。

華はブラックコーヒーを飲みながら、甘い物を食べるのが好きだった。

「それには、私も同感だわ」

華が手を横に振った。

「なにはともあれ最優先すべきことは、あの子犬達を救わなければならないって……」

「華!」

涼也は華を遮り、フロントウインドウ越し……「Dスタイリッシュ」から台車を押して出てくる真理子を指差した。

台車にはなにかが積んであり、布がかけられていた。

「あれは……」

華が、涼也に顔を向けた。

「クレートの可能性が高いな」

涼也が言うと、華が頷いた。

真理子は店から二十メートルほど台車を押すと、立ち止まり首を巡らせた。

「タクシーを待っているのかな？」

涼也は、イグニッションキーを回しつつ言った。

「あれがクレートなら、タクシーは断られると思うわ。誰かと合流すると考えたほうがいいわね」

華が真理子から視線を離さずに言った。

真理子がスマートフォンを取り出し耳に当てた。

誰かから、電話がかかってきたようだ。
二、三言交わし、すぐに真理子は電話を切った。
ほどなくすると、通りの向こう側から排気音とともにヘッドライトが近づいてきた。

「電話の相手かしら」

華の呟きを証明するように車がスローダウンし、真理子の前で停車した。

車内の空気が緊張で張り詰めた。

車はバンで、運転席から黒っぽい服に身を包んだ男性が降りてきた。

エンジンはつけたままだった。

およそ二十メートル離れている上に男性はマスクをつけているので、人相はわからない。

だが、腹の出た体型や動きから察して若くはないようだ。

男性がバンのリアゲートを開けると、真理子が台車を押して移動した。

二人でトランクになにかを積み込み始めたが、車で死角になり見えなかった。

「ちょっと、見てくるよ」

「私も行く。カップルのほうが疑われないから」

涼也と華は、用意してきた変装用のキャップとマスクをつけて車を降りた。

すぐに、華が涼也の腕を取った。

こうやって腕を組んで歩くのは、数年ぶりだった。

夜風を愉しみながら散策するふりをして、涼也と華はバンの方向に歩いた。

疑われないように、通りは渡らずに対面の歩道を歩いた。

通りを挟んでバンの前を通り過ぎたときに、真理子と男性がトランクに積んでいるのがクレートだと判明した。

「やっぱり……」

耳元で、華が囁いた。

涼也の腕に絡められた華の手に力が入った。

涼也と華は、足を止めずに二人に意識を集中させた。

すぐに車に戻れるように、あまり離れないようにした。

「これで終わりかい？」

クレートを積み終えた男性が真理子に訊ねた。

「そうよ。はい、今回のぶん」

真理子が、男性に封筒を渡した。

男性が封筒の中身を確認すると、真理子が台車を押しながら引き返した。

「また、頼んます」

声をかける男性に振り返りもせず、真理子は「Ｄスタイリッシュ」へと戻った。

「僕らも戻ろう」

涼也は早口で呟き、華を促した。

☆

「子犬達を、どこに連れて行くつもりかしら」

華が厳しい表情で言った。

代官山からバンを尾行して、三十分が過ぎた。

バンは、井の頭(いのかしら)公園沿いの吉祥寺(きちじょうじ)通りを走っていた。

「いまから業者に引き渡すことは考えられないから、飼育施設に連れて行くんだろう。僕と同業であってほしいけど……」

「お金」

涼也の言葉を、華が遮った。

「長谷社長が渡していた封筒は、お金だよね？」

「ああ、多分ね」

「だとしたら、保護犬施設の関係者とは考えづらいわね。かといって、こんな時間に大学病院や製薬会社の関係者が子犬を引き取りにくるとは思えないし、なにより、そうだとしたら逆に長谷社長にお金を払うんじゃないかしら？　それに、またお願いします、みたいなことも言っていたでしょう？　何者かな？」

華は質問をしているが、その瞳は確信を持っているようだった。

それは、涼也も同じだった。

恐らく、男性はブローカーに違いない。

ペット業界には、ペットショップで売れ残った犬や猫を引き取る業者が存在する。

業者は、金を貰い引き取った犬猫をパイプのある大学病院、動物病院、製薬会社に売り渡す……つまり、二度、金を手にするのだ。

「そうであってほしくはないけど、業者の可能性が高いかな」

涼也は言った。

「やっぱり、涼ちゃんもそう思う？　でも、どうしてわざわざ業者に依頼するのかな？」

華が怪訝そうに疑問を口にした。

真理子が直接大学病院や製薬会社の関係者にペットを渡せば、業者に金を支払う必要がないどころか、逆に代金が手に入るのだ。

「罪悪感」

「罪悪感？　どういう意味？」

「子犬達の行く末を知っているからこそ、せめてお金を受け取らないことで心の均衡を保っているんじゃないかな」

涼也は、矛盾した気分で言った。

「だから、業者に汚れ役をやらせるの？　どっちにしても、子犬達が哀しい末路を辿ることに変わりはないじゃない」

予想通り、華が矛盾を突いてきた。

男性が運転するバンは、吉祥寺通りから路地に左折した。

五十メートルほど走ったところで、バンがスローダウンした。

バンが停車したのは、「犬猫紹介センター」という看板のかかった建物の前だった。

涼也は、バンと十メートルほどの距離を空けてプリウスを停めた。

「なにが犬猫紹介センターよ」

華が、吐き捨てるように言った。

「どうする？」

「直撃に決まっているじゃない」

言い終わらないうちに、華が助手席のドアを開けた。

「あ、僕も行くよ」

涼也も、車を降りて華を追った。

バンから降りた男性が、リアゲートを開けた。

「ちょっと、いいですか？」

華が、トランクからクレートを取り出そうとしている男性の背中に声をかけた。

「なに？」

振り返った男性が、怪訝そうな顔で訊ね返した。

胡麻塩頭の男性は、四十代後半から五十代に見えた。

「そのクレートにいるのは、『Dスタイリッシュ』の長谷真理子社長から引き取った子犬達ですよね？」

いきなり、華が核心を突いた。

「あんたら誰？」

男性の声音が、剣呑（けんのん）なものに変わった。

「私は、動物愛護相談センターの職員です。同行しているのは、保護犬施設の者です」

「動物愛護相談センターと保護犬施設の人が、俺になんの用だ？」

「そのクレートにいる子犬達の件で伺いました。『Dスタイリッシュ』の長谷社長からお金を受け取り、引き取った子犬達ですよね？」

　華が質問を繰り返した。

「だったら、なにか問題あるのかよ？」

「『Dスタイリッシュ』で売れ残った犬達が虐待されていると、通報がありました」

「そんなの、俺には関係のないことだ。俺はただ、依頼があったから子犬を引き取っただけだからな。まずいことがあるのなら、長谷社長に訊けばいいだろうが」

　ふてぶてしい態度で、男性が言った。

「もちろん、そのつもりです。だからこそ、いろいろとお訊ねしたいことがあるのです。この子犬達を、どうするつもりですか？」

　華が、男性を問い詰めた。

「どうするって……里親希望者に譲渡するんだよ。あんたの仕事と同じだ」

　男性が、涼也に顔を向け目尻の皺を深く刻んだ。

「お言葉ですが、彼は保護犬施設の者です」

　すかさず、華が言った。

「ああ。だから、同業だと言っているじゃないか。ほら、見てみろ。犬猫紹介センターって書いてあるだろう？」

男性が、看板を指差した。

「失礼ですが、どういった方々にお譲りしているのですか？」

それまで事のなりゆきを見守っていた涼也は、初めて口を開いた。

「そんなの、引き取りたいって人に決まっているだろう」

男性が、面倒くさそうに言った。

「希望すれば、実験台や練習台として引き取るとわかっていても譲渡するのですか？」

涼也は言葉こそ穏やかだが、鋭い眼で男性を見据えた。

「な、なにを馬鹿なことを言っているんだ。ウチは、純粋に犬を飼いたいと願う人に譲り渡しているだけだ。話は終わりだ。忙しいから、もう、帰ってくれ」

一方的に告げると、男性は涼也と華に背を向けクレートを台車に積み始めた。

「店の中を、見せて貰ってもいいですか？」

「は？ ふざけんな。なんであんたらに見せなきゃならないんだよ⁉」

涼也はジャブを放った。

男性が気色ばんだ。

やはり、店内に入れたくない理由があるのだ。

「疚しいことがないのなら、見せてくれてもいいじゃないですか」

涼也は食い下がった。

「疚しいことがなくても、見せるか見せないかは俺が決めることだ！　これ以上、しつこくすると警察を呼ぶぞ！」

男性が、逆切れ気味に叫んだ。

「どうぞ、呼びたければ呼んでください」

華が横から口を挟んだ。

「なんだと⁉　お前ら、業務妨害で捕まるぞ！」

「その前に、警察と一緒に店の中に入ったら捕まるのはあなたですっ」

一歩も退かずに、華が切り返した。

「ど、どうして、俺が捕まるんだよ⁉」

華が、涼也に顔を向け目顔で合図した。

涼也は頷きながら、車内でのやり取りを思い浮かべていた。


——真実を言わない場合、虐待罪で詰めようと思っているの。

——動物愛護管理法が改正されて、虐待罪の法定刑が重くなったからね。でも、犬猫を傷つけたり劣悪な環境で飼育したりしていれば虐待罪が適用されるだろうけど、大学病院や製薬会社に譲渡するのは、残念ながら該当しないんじゃないかな？　引き取った犬猫を山に捨てたりしているなら話は別だけどね。

――わかってる。だから、一か八かの賭けになるわ。

――賭け？

――うん。長谷社長以外ともいろいろ生き物で阿漕（あこぎ）な商売をしているでしょうから、叩けば埃が出ると思うのよ。

――つまり、プレッシャーをかけて長谷社長とのやり取りを正直に話させるという狙いだね？

――そういうこと。改正動物愛護管理法では、虐待罪は殺傷だと五年以下の懲役または……


「五百万以下の罰金となっています」

記憶の中の華の言葉に、目の前の華の言葉が重なった。

「なっ……」

男性が表情を失った。

「『Dスタイリッシュ』で売れ残ったペットを、長谷社長がどういうふうに処分しているか知っています。だからこそ、いま、私達はここにいるんです」

「だから俺は頼まれただけで……」

「私達の目的はあなたではなく、『Dスタイリッシュ』の長谷社長とこの子犬達なんです！」

華は、男性を鋭い口調で遮った。

「そ、それは、どういうことだよ？」

男性が華の話に興味を示した。

「いまから言う二つのことに協力して頂ければ、私達はおとなしく帰ります。一つは、あなたが長谷社長から引き取った子犬達をこちらで保護させて頂きたいということ、もう一つは彼女とどういうやり取りがあったのかを教えて頂きたいということです」

男性が腕組みをし、眼を閉じた。

「わかったよ。今回だけは、あんたらの顔を立ててやるよ」

おもむろに眼を開いた男性が、虚勢を張ってみせた。

内心、罪に問われることに怯えているのは明らかだった。

ここまでは、華のシナリオは成功していた。

「協力してくれるのですね？」

華が確認した。

「ああ。長谷社長とのやり取りを話すのも、子犬達を返すのもいい。だが、金は返さねえぞ！　俺だって、業者に連絡したりこいつらを運んだり手間がかかっているんだからよ」

金について話すときだけ、男性の口調が熱を帯びた。

「因みに、長谷社長からいくら貰ったんですか？」

涼也は訊ねた。

「ウチは五キロ以下が五千円、五キロ以上十キロ以下が七千円って相場だ。今回は五キロ以下の子犬が六頭だから三万円を貰ったよ。希望者の手元に渡すまで世話したり運んだりしなきゃなんないから、安いくらいだ。儲けなんて、ほとんど出ねえよ」

男性が、開き直ったように言った。

「そのぶん、大学病院と製薬会社から補えますよね？」

すかさず、華が切り込んだ。

「いや、それは……その、あれだよ……」

「三万円はこちらのほうで長谷社長に戻しておきますので、安心してください。それより、長谷社長とのやり取りを教えて頂けますか？」

しどろもどろになる男性に、涼也は助け船を出した。

「そりゃどうも。長谷社長についちゃ、あんたらの読み通りだ。三年くらい前に、共通の知り合いのブリーダーから長谷社長を紹介されてな。売れ残った犬の処分に困っているペットショップのオーナーがいるから、相談に乗ってやってほしいとな」

「それで、長谷社長からお金を貰い引き取った上に、右から左に子犬達を実験台や練習台として横流ししたというわけですね？」

　華が皮肉交じりに言った。

「おいおい、人聞きの悪いことを言わないでくれ！　長谷社長には、事前にちゃんと説明はしているんだからよっ」

　必死に、男性が弁明した。

「つまり、長谷社長は子犬達がどうなるかをわかっていながら、あなたに引き渡していたということですね？」

　華が男性の言質を取る目的で、念を押した。

「もちろんだ。犬や猫を引き取ってくれっていう依頼人には、包み隠さず全部話している。長谷社長も承知の上で、三年間、上得意の顧客になったってわけだ」

　男性が、得意げな顔で語った。

「長谷社長は、どのくらいのペースであなたに子犬を渡しているんですか？」

　華が質問を重ねた。

「月に五頭から十頭くらい、年間百頭から百二十頭ってところかな」

「そんなに……」

　華が息を呑んだ。

「まあ、それくらいは出るだろうよ。なんせ、工藤のおっさんはぐいぐい長谷社長に商品を押しつけるからな」

「工藤さんというのは？」

涼也は訊ねた。

「さっき言った、俺と長谷社長の共通の知人のブリーダーだ」

「ぐいぐい商品を押しつけるとは、子犬のことですか？」

「ああ。工藤のおっさんは金に汚い強欲野郎だが、扱う商品は一流だ。ドッグショーで入賞するような血筋のいい子犬を数多く繁殖しているから、セレブ相手の高級なペットショップには人気があるのさ。だが五頭のエリート子犬を卸す条件として十五頭の並犬を押しつけてくる。芸能界で言うバーターってところだな」

男性が肩を竦め、煙草をくわえた。

「副流煙が身体に悪いのは犬も同じですよ」

華がバンのリアゲートを閉めると、男性が鼻を鳴らした。

「バーターってなんですか？」

聞きなれない言葉に、涼也は訊ねた。

「視聴率が見込める俳優をキャスティングしたいテレビ局のプロデューサーの弱味に付け込んで、プロダクション側が無名の役者を押しつけることだよ。知り合いに局で働いている奴がいるんだが、一人の売れっ子をキャスティングするために四、五人の在庫タレントを押しつけられるそうだ。それと同じだ。だが、エリート子犬を入荷するたびに十五頭も売れる見込みのない犬を押しつけられたペットショップはたまったもんじゃない。当然、売れ残りの在庫犬は増え続ける一方だ。五頭、十頭って、在庫犬が増えたら餌代も馬鹿にならないし、散歩やトイレの世話をするスタッフの人件費も労力も馬鹿にならない。長谷社長を庇うわけじゃないが、俺らみたいな業者を使わないと在庫犬が増える一方でやってゆけないいんだよ」

「在庫犬、在庫犬って、そういう物みたいな言いかたはやめてください」

我慢できずに、涼也は抗議した。

「俺らにとっちゃ犬猫は商品だ」

男性が開き直ったように言った。

「そもそも、売れ残ったら餌代がどうの、世話する人件費がどうのって、それは人間側の都合です。勝手に値打ちをつけてお金にならなければ物同然に扱って、犬にだって心はあるんです！」

「俺に当たるのはやめてくれよ。世の中にペットショップってもんがあるかぎり、犬や猫に値がつけられるのは仕方のないことだろうが」

「それは詭弁です！　どんな理由があろうとも、生き物の利用価値がなくなったら使い捨てるような考えは間違っていますっ」

「だったら、あんたが全部引き取れるのか⁉　日本全国のペットショップで売れ残った何千、何万頭の犬を引き取って優しい里親に譲渡するまで世話できるのか⁉　そんなこと、できるわけないよな？　だから、俺らみたいな汚れ役が必要なんだよ！」

涼也は、すぐに言葉を返すことができなかった。

日本全国の売れ残った犬や猫を保護できないのは、仕方のないことだとわかっていた。

だからといって、物言えぬ犬猫が悲惨な末路を辿る様を、何もせずにただ見ていることなどできはしない。

だが、男性の言葉は鋭い矢のように涼也の胸を貫いた。

無力感が、涼也の記憶の扉を開けた。

空のステンレスボウル、糞尿だらけの床……密閉された部屋で横たわる黒いラブラドールレトリーバーの子犬……。

涼也は遺骨の入ったペンダントロケットを握り締め、眼を閉じた。

街金融時代に涼也が取り立てたことによって夜逃げした飼い主に置き去りにされ、衰弱して幼い命を落とした黒い子犬へ誓った。

これからは、一頭でも多くの犬を救うと……誓ったはずだった。

それなりに、救ってはきた。

だが、涼也が救うよりも遥かに多い数の犬達がいまも……。

「証拠に、録音しましたから」

スマートフォンを掲げる華の声が、記憶の扉を閉めた。

「なに勝手なことを……てめえ、返せ……」

華からスマートフォンを奪おうとする男性の手首を、涼也は摑んだ。

「情報ありがとうございました」

丁寧な言葉遣いとは裏腹に、涼也は握力を込めながら男性を鋭い眼で睨みつけた。

「ワン子の園」を始めてから五年、街金融時代を彷彿とさせる眼つきになったのは初めてのことだった。

「痛てて……わかったから、離してくれ……」

涼也は、男性の手首を解放するとバンのリアゲートを開けた。

華と二人で、トランクのクレートをプリウスに運んだ。

「俺を巻き込まないって約束は、守るんだろうな？」

男性が、手首を擦りつつ訊ねてきた。

「長谷社長の件について、お約束は守ります。ただし、もう二度と長谷社長からの依頼を受けないでください」

華が男性に釘を差した。

「言われなくても、願い下げだっ。あの女のせいで、ひどい目にあったんだからよ。ったく、とんだ災難だぜ。もう、二度と俺の前に現れないでくれ！」

男性は吐き捨てるように言い残し、建物の中へと入った。

「お前達、大丈夫だったか？」

プリウスの後部座席に積んだクレートの中の子犬を、涼也と華で手分けして一頭ずつチェックした。

柴犬、トイプードル、ミニチュアシュナウザー、ミニチュアダックスフンド、ポメラニアン、シーズー……幸いなことに、体調不良の犬はいなかった。

「とりあえず、子犬達を『ワン子の園』に連れて行きましょう」

涼也は頷き、運転席に移動した。

☆

ほかの保護犬達が吠えまくる中、クレートからサークルに移した六頭の子犬達は、ステンレスのボウルに口吻(こうふん)を突っ込み物凄い勢いでドッグフードを食べていた。

「かわいそうに。お腹が減っていたのね」

応接ソファに座る華が、子犬達を眺めながら言った。

成長期の子犬は、日に三、四回にわけて餌を与える。

真理子は日に一度しか店にこられなかっただろうから、子犬達が栄養を十分に摂取できていたとは思えない。

「でも、とりあえず無事に保護できてよかったよ」

涼也は両手に持ったコーヒーの入ったマグカップの一つを華に渡し、対面のソファに腰を下ろした。

華は三日間、動物愛護相談センターの勤務が終わったあとにZ県から東京に移動して「Dスタイリッシュ」を張り込んでいたので、「ワン子の園」に戻る車中では泥のように眠っていた。

子犬達を保護できたので、張り詰めていた気が安堵に緩んだのだろう。

「ありがとう。涼ちゃんも、少し仮眠を取れば？　この子達は私が見ているからさ」

「僕は大丈夫だよ。それより、あのブローカーを本当に見逃すの？」

涼也は、訊きたかったことを真っ先に口にした。

真理子が売れ残った子犬を手術の練習台や新薬の実験台のために提供していた裏を取るために、ブローカーの男性をこれ以上詮索しないという言葉が真意かどうかを知りたかった。

「そんなわけないじゃない」

「だって、さっき君は……」

「詮索しないのは長谷社長の件については……って、言ったでしょう?」

涼也を遮り、華が意味深な笑みを浮かべた。

「私達を店に入れなかったということは、見られてまずいことがあるからに決まっているわ。今は長谷社長の情報がほしかったからああいうふうに言ったけど、見逃すはずはないじゃない。もちろん東京都のセンターには報告するわよ。物言えぬ動物達を食い物にしているような人には、鉄槌を下すから!」

華が、拳を握った右腕を前に突き出した。

「安心したよ。問題は、長谷社長だね」

涼也が言うと、華が厳しい顔で頷いた。

「長谷社長が子犬達の行き先を知っていながらブローカーに引き渡したということを証明するのは、楽じゃないかもね。ブローカーの証言を音声に残しているとはいえ、彼女が子犬達は里親に譲渡されると思っていたと言い張れば、こっちに否定するだけの証拠があるわけじゃないし」

華の表情が曇った。

「そこまで性根が腐っている人じゃないと信じたいよ。沙友里ちゃんが尊敬する人だからね」

複雑な思いで、涼也は言った。

素直に認めようが認めまいが、どちらにしても、真理子が子犬達をブローカーに引き渡していたという事実に変わりはない。

真実を沙友里が知ったなら……。

「沙友里ちゃんには、いつ知らせるの？」

華が訊ねてきた。

「長谷社長と話してからで……」

ヒップポケットに入れていたスマートフォンが震えた。

「え……」

ディスプレイに表示された名前を見て、涼也は息を呑んだ。

「どうしたの？」

怪訝そうな顔を向ける華に、涼也はディスプレイを見せた。

「長谷社長⁉」

華が素頓狂な声を上げた。

涼也はスピーカー機能にして、通話キーをタップした。

「もしもし、沢口ですが」

『ご無沙汰しています。「Ｄスタイリッシュ」の長谷真理子です』

以前会ったときの印象そのままの、冷静な声が受話口から流れてきた。

「おひさしぶりです。こんな時間にどうしたんですか、などと白々しいことは言いません。長谷社長が電話をかけてきた理由の見当はついています」

『それでしたら、私も単刀直入に申し上げます。ウチにいた子犬達を、中島さん……「犬猫紹介センター」の男性から引き取ったそうですね？　どういうことか、理由を聞かせて頂けませんでしょうか？』

悪びれたふうもなく、真理子が訊ねてきた。

「逆にお訊ねしたいのですが、長谷社長はどうしてブローカーに、お金まで支払って子犬達を引き渡したんですか？」

涼也は正面から切り込んだ。

『これ以上、店に置いていても売れる見込みがないからです。家具や電化製品を業者に引き取って貰うときも、お金は支払うものでしょう？』

微塵の疚しさもなく、真理子が言った。

耳を疑った。

華も、驚いたふうに涼也を見た。

だが、里親希望者のもとに行くものだと思っているのなら、いまの言葉も理解できる。

「長谷社長、あなたは子犬達の行き先を知っているんですか？」

涼也はさらに切り込んだ。

真理子の返答を、華も固唾を呑んで待っていた。

『ええ、医療関係者に引き渡すこともあると聞いています』

躊躇なく答える真理子に、涼也と華は顔を見合わせた。

「それを知っていながら、子犬達をブローカーに引き渡したんですか？」

『ええ、なにか問題でもありますか？』

罪悪感の欠片もないような平然とした声で、真理子が訊ね返した。

「医療関係者の手に渡れば、子犬達が命を落とす可能性が高いことを知っているんですよね？」

『はい。医学と医療の日進月歩に動物が重要な働きをしてきたのは、いまに始まったことではありませんから』

淡々とした口調で、真理子が言った。

彼女の受け答えからは、子犬達にたいしての良心の呵責は感じられなかった。

だからといって、開き直っているふうでもない。

訊かれたから、思ったことを口にしている、という印象だった。

「あなたを尊敬して止まない沙友里ちゃんの気持ちを、考えたことはないんですか？」

涼也は、真理子の良心に訴えた。

『どうして、沙友里ちゃんの気持ちを考えるんですか？』

素朴な疑問、とばかりに真理子が質問を返してきた。

「どうしてって……沙友里ちゃんが、売れ残ったからというだけの理由で子犬を物のように処分するあなたを見たら、ショックを受けるでしょう？　しかも、彼女が働いているのは生き物の命を扱うペットショップですよ？　ウチで保護犬ボランティアをやっていることもご存じですよね？　敬っていた社長が、動物の命を救うのではなく、命を奪うようなことを常習的にやっていると知ったら傷つくことくらいわかるでしょう⁉」

ついつい、涼也の語気が強くなった。

真実を知ったときの沙友里の気持ちを察すると、真理子にたいして怒りが込み上げてきた。

『彼女は、傷つくでしょうね』

さらりと、真理子が認めた。

「だったら、どうして……」

『沙友里ちゃんがどう感じるかは、彼女の心の問題なので自由だと思います。それと同じように、私は私の考えでやっていることですから非難される覚えはありません』

真理子が、淡々とした口調で涼也を遮った。

「では、お訊ねしますが、長谷社長の考えというのはなんですか？」

挑発したいわけではなく、心底訊きたかった。

真理子の真意を……。

『ペットの命を扱う仕事だからこそ、彼らに最善を尽くす。これが私の信念です』

真理子が物静かな口調で、しかし、力強く言い切った。

「子犬達を新薬の実験台や手術の練習台にすることが、あなたの最善を尽くすということですか⁉　あなたの最善は、医学の進歩のために率先して子犬達の命を提供することですか⁉」

涼也は、真理子を詰問した。

『私、いま、店にいますから、お時間があるならいらしてください。動物愛護相談センターの方もご一緒にどうぞ。お二人に、お見せしたいものがあります。それを見たら、私の行動に理解を示して頂けるはずです。では、お待ちしています』

一方的に言うと、真理子は電話を切った。

ふたたび、涼也と華は顔を見合わせた。

互いに頷くと、ほとんど同時に立ち上がった。

# 11

代官山の「Dスタイリッシュ」に戻ってきたときには、午前零時を回っていた。

涼也は店の前の路肩にプリウスを停車させた。

「見せたいものって、なんだろう？」

涼也は独り言ちた。

「なんにしても、長谷社長がやっていることの免罪符にはならないわ」

華が厳しい表情で言った。

「たしかに、自分のやっていることに微塵の罪の意識も感じていなかったからね」

涼也はため息を吐いた。

沙友里のことを考えると、気が重かった。

「とにかく、行きましょう！　長谷社長の行為を私達が納得するというものを、見せて貰おうじゃないの」

鼻息荒く言うと、華が勢いよくドアを開き助手席から降りた。

「ちょっと待って」

キーを抜き運転席を降りた涼也も、慌てて華のあとに続いた。

☆

『どうぞ、開いていますよ』

華がインターホンを押すと、すぐにスピーカーから真理子の声が流れてきた。

「失礼します」

言いながら、華が正面玄関のガラス扉を開けた。

「こんな時間に呼びつけてごめんなさいね」

トリミングルームから、黒のパンツスーツ姿の真理子が現れ無表情のまま言った。

「いいえ、一刻を争うことなので助かります」

華も、にこりともせずに言った。

「奥へどうぞ」

真理子は踵を返し、トリミングルームに足を向けた。

涼也と華も真理子に続いた。

真理子はトリミングルームから通路に出ると、スタッフに内緒で子犬達を飼育していた金庫室の並びのドア……オーナールームとプレイトのかかったドアを開けた。

「お入りください」

真理子は二人を室内に促した。

「座ってお待ち下さい。いま、コーヒーでも……」

「結構です。お茶をしにきたわけじゃありませんから。長谷社長のやっていることを私達が納得するというものを見せてください」

部屋を出ようとする真理子を、華が厳しい口調で制した。

「わかりました」

気を悪くしたふうもなく、真理子がタブレットPCを手に涼也と華の前に座った。

「お見せする前に、まず、お二人とも謝って下さいませんか？」

真理子が、二人の顔を交互に見ながら言った。

「謝る？　なぜ、私達が謝るんですか？」

華が怪訝な表情を真理子に向けた。

「そんなこともわからないんですか？　あなた達は、人の店に無断で立ち入り人の所有物を無断で持ち出した……わかりますか？　つまり、宝石店に忍び込んで指輪やネックレスを盗んだのと同じですよ？　私がその気になれば、お二人を不法侵入と窃盗の容疑で警察に突き出せるということです」

涼也は耳を疑った。

罪の意識がないのはわかっていたが、真理子の口から出たのは想像以上の言葉だった。

売り物にならなくなった子犬をスタッフに内緒で飼育し、ブローカーに横流ししている現場を押さえられたというのに、まさかここまで居直るとは思わなかった。

「不法侵入ではなく、私達は『Ｄスタイリッシュ』の長谷社長が売れ残った子犬を虐待していると通報があったので立ち入り検査をしたんです。実際に、金庫室と呼ばれる部屋には子犬達が閉じ込められていました。『犬猫紹介センター』のブローカーの男性にお金を支払って六頭の子犬を引き渡すのを目撃しましたし、彼の証言を音声に残しました。ブローカーがその後、子犬達をどこに売り渡しているのかも聞きましたし、長谷社長がそれを承知の上で引き渡しているということも。だから、これは窃盗ではなく保護です」

　華が真理子を見据え、毅然と言い放った。

「あなたも、私と沢口さんの電話での会話を聞いていたんでしょう？　それに不法侵入したときに、子犬達が衛生的な環境で飼育されていたのも、きちんと世話が行き届いていたのもご覧になったはずです。『動物愛護相談センター』の虐待罪の定義にも当てはまらないと思いますけど？　改めて言います。私のやっていることは虐待ではないし、だから、あなた達がやったことは保護ではなく窃盗です。ですが、沢口さんとは知らない間柄ではありませんし、沙友里ちゃんと亜美ちゃんがお世話になっている方でもあります。なので、詫びてさえくれれば罪には問いません」

　真理子が、表情を変えずに言った。

「それは、長谷社長の視点から導き出した結論ですよね？　たしかに、金庫室は不衛生ではなく餌も水も与えられていました。でも、子犬は倉庫に置く物ではなく生き物です。外の空気も吸いたいし、広いところを駆け回りたいでしょう。もし、私達が、掃除が行き届き食事を差し入れられるからといって、寝返りを打つのが精一杯の部屋に閉じ込められていたら、耐えられますか？　普通なら、三日で限界です。生きることが呼吸をするという意味なら、食事と水が差し入れられれば一ヵ月でも二ヵ月でも生存できます。ただ、ストレスで心は壊れると思います。長谷社長は無視しますか？　ある建物の地下室に人間の子供が閉じ込められていると聞いたら、長谷社長は無視しますか？　地下室に行って、事実を確認しようとしませんか？

そこに子供が閉じ込められているのを発見したら、救出しようとしませんか？」

華が熱を帯びた口調で、真理子の心に訴えた。

「救出するでしょうね。ただし、人間の子供と子犬は違います。あなた達が保護したと言い張る子犬は『Dスタイリッシュ』の商品であり、代表の私の所有物です。華さん。近所の邸宅の錦鯉が狭い水槽で飼育されてかわいそうだからといって、無断で家の中に入って持って帰るとどうなるかわかりますか？　警察に通報すれば、窃盗の容疑で逮捕されます。あなた達がやったことは、そのケースとまったく同じですよ」

相変わらず、真理子は顔面の筋肉が麻痺したように無表情だった。

「それは詭弁です！」

すかさず、華が反論した。

「どこが詭弁ですか？　錦鯉のケースとなにが違うか説明してください」

　真理子が切り返した。

「屁理屈ばかり……」

「話をすり替えるのは、やめませんか？」

　ヒートアップする華を制し、涼也は真理子に言った。

「話をすり替えてなんかいませんよ。自分達が正義、自分達の言葉が正論みたいな顔であまりにも一方的だから、事実を教えて差し上げただけです」

「錦鯉の話は、理屈ではそうかもしれません。ですが、私達がなぜあの子犬達を保護したのか真剣に考えてくだされば、そういう話にはならないはずです。長谷社長。お願いします」

　涼也は、机に手をつき頭を下げた。

「ちょっと、涼ちゃん、なにをやっているの⁉」

　華の驚きの声が、頭上から降ってきた。

「沢口さん、そういうことをやっても……」

「頭ではなく、心で感じて貰えませんか？」

　涼也は顔を上げ、真理子をみつめた。

　真理子も視線を逸らさず、涼也をみつめ返した。

束の間、二人はみつめ合った。

先に視線を逸らしたのは、真理子だった。

真理子はタブレットPCを立ち上げ、無言で涼也と華の前に置いた。

「これは……」

ディスプレイに表示される複数の画像に、涼也は絶句した。

隣で華が息を呑んだ。

約一メートル四方のケージに入れられた十数匹の子犬、脇腹の骨が浮き眼球が飛び出しそうなガリガリに痩せた柴犬、全身の毛が剝げて皮膚が爛れ膿だらけになったトイプードル、左の眼球が潰れたシーズー、後ろ足がおかしな方向に折れ曲がったミニチュアダックスフンド、半透明のゴミ袋に詰められた五匹の子犬の屍、みかん箱サイズの段ボール箱に重なり合う十数匹の子犬の屍……目を覆うような悲惨な画像でディスプレイは埋め尽くされていた。

「『Dスタイリッシュ』が仕入れている、『キング犬舎』という繁殖業者のところで生まれた子犬達です」

真理子が、抑揚のない声で切り出した。

「正確には、生まれてペットショップから引き取られなかった子犬達……未出荷の子犬達の末路です。『キング犬舎』は血筋のいい人気犬種の子犬を扱うことで有名なブリーダーです。チャンピオン血統の子犬も数多くブリードしていて、日本全国のペットショップは競い合うように『キング犬舎』から子犬を仕入れています。血筋のいい子犬を扱うブリーダーなら、ほかにいくらでもいます。『キング犬舎』が引く手数多なのは、チャンピオン血統の子犬を他のブリーダーの半値で下ろすからです」

涼也は、掠れ声で訊ねた。

「その犬舎のブリーダーは……工藤という男ですか？」

――工藤のおっさんは金に汚い強欲野郎だが、扱う商品は一流だ。ドッグショーで入賞するような血筋のいい子犬を数多く繁殖しているから、セレブ相手の高級なペットショップには人気があるのさ。

涼也の脳裏に、「犬猫紹介センター」のブローカーの言葉が蘇った。

「ええ。だから工藤さんのところには、セレブや有名人御用達の高級ペットショップから注文が殺到するんです」

「でも、工藤という人はお金に執着のあるブリーダーだと聞きました。そんな人がなぜ、高値で売れる犬を半値で卸すようなことをするんですか？」

涼也は率直な疑問を口にした。

「抱き合わせで、売れないような子犬の仕入れを条件にしているから……ですよね？」

華が、震える声で口を挟んだ。

真理子に向けられた華の瞳は、涙に濡れ充血していた。

――だが五頭のエリート子犬を卸す条件として十五頭の並犬を押しつけてくる。芸能界で言うバーターってところだな。

ふたたび、ブローカーの声が蘇った。

「そういうことです。血統のいい売れ筋の犬を一頭仕入れる条件として、欠点が多く売るのが難しい子犬を三、四頭セットで仕入れなければならないんです。普通なら売れ残るような犬をまとめてペットショップに購入させるわけですから、半値にした損失分を埋めるだけでなくかなりの利益を生み出すというからくりです」

「欠点が多い子犬というのは？」

すかさず涼也は訊ねた。

「斜視、アンダーショット、オーバーショット、四肢の湾曲、アンバランスな体型……先天的に欠陥のある子犬達のことです。こういった子犬は一度の出産で必ず何頭かは交じっていて、程度にもよりますが血統書付きであっても売れ残る可能性が高いんです」

真理子が、淡々とした口調で説明した。

「ほかのペットショップも、『キング犬舎』から押しつけられた子犬が売れ残ったら、長谷社長と同じように処分しているんですか？」

涼也は、棘を含んだ口調で質問した。

「それなら、まだましです」

真理子が言った。

「どういう意味ですか？」

「私みたいに医療の進歩のために子犬達を提供するなら、ましだと言ったのです。ほとんどのペットショップは、そんな手間はかけずに処分します」

「処分？」

涼也は眉根を寄せ、真理子を見据えた。

「血統のいい子犬を相場の半値で仕入れたら、一頭につき売れるたびに三、四十万の利益が見込めるので、どこのペットショップもできるだけ多く仕入れようとします。そうなると、もれなく欠陥品もついてきます。一頭にたいして三頭、五頭にたいして十五頭、十頭にたいして三十頭……仕入れは一度きりでなく、月に何度もします。私みたいに医療関係に提供するために飼育なんてしていたら、手間も出費も嵩んで半値で仕入れた売れ筋の子犬の利益も、どんどん食い潰してしまいます。だからたいていのペットショップでは、仕入れた子犬達を『キング犬舎』に引き取って貰っているんです」

「引き取って貰うって……そんなこと『キング犬舎』が断るでしょう?」

華が口を挟んだ。

「もちろん、ただでは引き受けません。工藤さんは、売れ残る可能性の高い欠陥のある子犬達を抱き合わせで仕入れさせたペットショップのオーナーに、手数料を払えば引き取ると持ちかけるんですよ」

「それじゃあ、二重取りじゃないですか⁉」

華が血相を変えた。

「そういう物の見方もできますが、一方では数万円の手数料を支払うことでペットショップの純利益が増すという見方もできます。つまり、どちらが加害者でも被害者でもなく共存共栄をしているというわけです」

真理子の表情から、肚(はら)の内は読めなかった。

「もしかして、ペットショップから戻ってきた犬も……」

恐る恐る訊ねながら、涼也はタブレットPCの悲惨な子犬達の写真に視線を移した。

真理子が頷いた。

「未出荷の子犬達同様に、工藤さんに処分されます。安楽死は薬品代がかかるという理由で、写真にあるようなケージに子犬達をぎゅうぎゅう詰めにして餌も水も与えずに餓死するのを待つか、業務用の冷凍庫に閉じ込めて凍死させます。画像にある眼球の潰れた屍、後ろ足の骨が砕けた屍はストレスにより喧嘩した致命傷で死んだ子犬達です。餓死、凍死、病死、喧嘩……『キング犬舎』に生まれた子犬で、半年以内に売れなければ待っているのは憐れな死だけです」

眉一つ動かさずに真理子が語る工藤の鬼畜の如き所業に、涼也と華は表情を失った。

「長谷社長っ、あなたはすべてを知っていながら見て見ぬふりをしていたんですか⁉　子犬達の命を犠牲にしてまで、利鞘の大きな仕入れをして儲けることが重要ですか⁉」

華が、激しい口調で真理子を咎めた。

「ええ、見て見ぬふりをしますし、ビジネスをやっている以上利益を追求するのはあたりまえです。残念ながら、『Dスタイリッシュ』は保護犬ボランティアとは違いますから」

真理子が、良心の呵責など微塵も感じないとでもいうような顔で華を見た。

「あなたはそれでも……」

「私にできることは、利益を生み出さない子犬を一頭でも多く引き受けることです」

華の言葉を遮り、真理子が言った。

「利益を生み出さない子犬を……それは、どういう意味ですか？　さっき、ビジネスだから利益を追求するのは当然だと言っていた話と矛盾していませんか？」

涼也は身を乗り出し、真理子に訊ねた。

「矛盾？　いいえ。血筋のいい子犬を半値で多く仕入れれば、そのぶん利益が出ます。代官山という土地柄、地方よりも高価な犬が売れやすいですからね。『キング犬舎』から仕入れたインターナショナルチャンピオン血統の子犬なら、犬種によっては百万円を超える個体も珍しくありません。それだけの高価な子犬は地方のペットショップでは月に一頭売れれば御の字ですが、『Dスタイリッシュ』なら五、六頭は売れます」

真理子が断言した。

「でも、一頭につき三頭、売れる見込みの低い子犬を仕入れなければならないので、あまりに数が多くなると利益は食い潰されるんじゃないのですか？」

涼也は、一番の疑問を口にした。

「売れなければ、そういうことになりますね」

涼しい顔で、真理子が即答した。

「え……だって、先天的に欠陥のある売れる見込みの少ない子犬ですよね？」

「はい。売れる見込みが少ないだけで、売れる可能性がゼロパーセントではありません」

「長谷社長……もしかして、あなたは？」

涼也は、華に顔を向けた。

華の瞳を見て、自分と同じ思いを抱いていることがわかった。

「なにをおっしゃりたいのかわかりませんが、少なくとも私にはお二人のようなボランテイア精神は微塵もないです。先天的に欠陥のある子犬でも、適正な値付けをすれば売れないことはありませんから。現に、月に十五頭仕入れた子犬のうち七頭は売れました」

真理子が表情を変えずに言った。

「でも、残る八頭は金庫室で医療関係者に引き渡される日を待つわけですよね？」

華が、真理子を問い詰めた。

「それを責めたいのなら、いくらでもどうぞ。『キング犬舎』にいれば百パーセント処分される子犬達も、私が仕入れれば五十パーセントの確率で飼い主のもとで生活できるのです。私はその可能性に賭けて、リスクを覚悟で一頭でも多くの子犬を受け入れています。売れ残ってしまった子犬達は、たしかに実験台や手術の練習台として送り出すことになります。それでも工藤さんのところに戻さないのは、ブローカーに引き渡す一分前に貰い手がみつかるかもしれないからです」

真理子は言葉を切り、取り出したスマートフォンのディスプレイを涼也と華のほうに向けた。

○里親募集　○血統書付きの子犬をお譲りします　○ワクチン接種、狂犬病予防接種済み
○実費しか頂きません

真理子が見せたのは、複数の子犬の写真とともに里親を募る内容のサイトだった。

「驚きましたか？　冷血漢が子犬の里親を募集しているなんて。これでも、人並みに赤い血は流れています。次の入荷の子犬がくるまでの間、連絡が入るのを待っています。店では九頭の子犬を飼育していますが、これ以上は増やせません。『犬猫紹介センター』のブローカーに引き渡すのは、最終手段です」

真理子が、にこりともせずに言った。

「正直、驚いています。こういうお気持ちがあるのなら、どうして僕に相談してくれなかったんですか？」

「そうです。『ワン子の園』に相談すればよかったじゃないですか」

華が涼也に追従した。

「最初は、そうしようと思いました。でも、考え直しました」

「なぜです？」

涼也は訊ねた。

「逆にお訊ねします。『ワン子の園』は、月に十数頭の子犬を保護できますか？　一ヵ月だけではありません。毎月、数年に亘って十数頭の子犬を受け入れ続けることを約束できますか？」

真理子が、挑むような眼で涼也を見た。

終始無表情だった真理子から、初めて感情が窺えた。

「それは……」

「ですよね？　保護犬施設は期限なしで、里親がみつかるまで時間をかけた飼育ができる。一頭が貰われてから、新しい子犬を受け入れればいいわけですから。でも、私はそんなに悠長に構えてはいられません。さっきも言ったように、『キング犬舎』から月ペースで十数頭の子犬を仕入れなければならないので」

「一頭でも多くの子犬を、『キング犬舎』から救出したい……そのお気持ちは、よくわかります」

華が悲痛な顔で言った。

「たしかに、沢口さんのところにそれだけの子犬を迎え入れる余裕はありません。でも、保護犬施設は『ワン子の園』だけじゃ……」

「それくらい、私が考えないと思いますか？　施設がしっかりしているところには、一通り当たりました。いまいる子に里親が見つかり次第ご連絡します。一頭ならすぐに引き取ることができます。来月になれば何頭か里親に貰われ空きが出る予定なので、もう一度ご連絡ください。どこも、『ワン子の園』と同じで定員に余裕がない状態です。私に必要なのは、毎月、確実に十数頭の子犬を受け入れてくれるところです。だから、人に頼らずすべてを自分でやることにしました。これでも私が虐待をしているというのなら、ご自由に。

別に、お二人の理解を得ようとは思いませんから」

真理子は冷めた口調に戻り、ソファの背凭れに身を預けて眼を閉じた。

返す言葉が見当たらず、涼也は黙り込んだ。

華も、無言でタブレットPCの子犬達の画像に視線を落としていた。

真理子を、誤解していたのかもしれない。

売り物にならないとわかれば粗大ごみを処理するように、子犬達を処分していたと思った。

違った。処分どころか、真理子なりのやりかたで子犬達を救ってきたのだ。

「それでも、私は納得できません。もっと早くに、『動物愛護相談センター』に相談するべきでした」

華が顔を上げ、厳しい眼で真理子を見据えた。

「二年前、知り合いのペットショップのオーナーが通報しました。すぐに立ち入り検査します。そう約束してくれました。約束通り、『動物愛護相談センター』の職員が『キング犬舎』に立ち入り検査をして、劣悪な環境で飼育されていた二十数頭の子犬を保護しました。問題は、そのあとです。通報したペットショップは、三ヵ月後に廃業しました」

真理子が、眼を閉じたまま言った。

「廃業？　どうしてですか？」

華が間を置かずに質問した。

「工藤さんは関東ブリーダー協会の会長で、関東一円はもちろん、全国のブリーダーに顔が利く業界の有名人です。工藤さんはブリーダー仲間に、『キング犬舎』を告発したペットショップには子犬を卸さないように圧力をかけました。工藤さんが権力者だというのは事実ですが、全国のブリーダー達が恐れて従っているわけではありません。むしろ、積極的にそのペットショップとのつき合いを断ちました。当然です。『動物愛護相談センター』に訴えるようなペットショップと、取り引きしたいと思うブリーダーはいません。協会に入っていない趣味でやっているようなブリーダーもいますが、個人で子犬を飼うのとは違いペットショップの仕入れ先にはできません。なにより『キング犬舎』と取り引きしていたのは、血統のいい高価な子犬を扱うペットショップばかりです。協会に加盟しているブリーダーにそっぽを向かれたら、商売が成り立ちません」

「見せしめにされたペットショップの二の舞にはなりたくないから、『キング犬舎』の悪行を見て見ぬふりをする……つまり、そういうことですね？」

華が、燃え立つような眼で真理子を見据えた。

真理子が頷いた。

「それでも、戦うべきです！　保身のために罪のない子犬達の命が……」

「どう戦えと言うんですか！」

それまで冷静な言葉遣いに終始していた真理子が、大声で華の言葉を遮った。

「勇気を振り絞って業者が告発したというのに、なぜ、『キング犬舎』はいまだに存続しているのですか⁉ 立ち入り検査まで入ったというのに、犬は保護されてもあの鬼畜のような男がのうのうと悪事を続けているのはなぜですか⁉ あなたが言うように戦おうと剣を抜いたペット業者はどうなりましたか⁉ 援軍を得られないまま、無駄死にしただけじゃないですか！」

真理子が眼に涙を溜め、鬱積した感情を爆発させた。

つい数分前までと別人のような真理子に、涼也と華は困惑した。

もともと熱い思いを持っている人間だからこそ、平静を保つために仮面をつけていたのかもしれない。

華は、険しい顔で唇を嚙み締めていた。

涼也には、華の忸怩（じくじ）たる気持ちが痛いほどわかった。

動物愛護管理法が改正されペットの虐待にたいしての刑罰が重くなったとはいえ、それは飼い主を裁くものであって、工藤のような繁殖業者は対象になりにくい。

通報を受けた「動物愛護相談センター」が立ち入り検査をしても、犬を保護するまでが精一杯で繁殖業者に刑罰を与えることは難かしい。

たとえ犬が死んでいても、工藤が問われるのは器物損壊罪だけだ。

「だから私は、自分なりの戦いかたで子犬達を救うことに決めたんです。止(とど)めを刺すこともできないのに盾ついて店を閉めなければならなくなったら、犬を救うことができなくなりますからね。私が『犬猫紹介センター』のブローカーに引き渡した数十頭の子犬達の末路は、哀しいものでしょう。でも、その命がそれ以上の命を救ってくれたんです。私は、自分のやったことを後悔していません。生まれ変わって同じ場面に置かれたら、同じ選択をします。非難したければどうぞ。私が子犬達の命を奪ったことに変わりはありませんから、甘んじて受けます」

　真理子が、静かに眼を閉じた。

「非難はしません。長谷社長が『キング犬舎』から子犬達を救うためにやったことだというのは信じます。だからといって、私も考えを改める気はありません。一度でだめなら二度、二度でだめなら三度……工藤って人に罪を贖わせるために何度でも立ち向かうべきです！　多くの命を救うためだからといって、犠牲になっていい命なんかありませんっ」

　華が、熱っぽい口調で訴えた。

「じゃあ、どうするおつもりですか？　繁殖業者や販売業者の数値規制が書き加えられた改正動物愛護管理法が施行されるのは二〇二一年の六月……それまで待つ作戦ですか？」

　眼を閉じたまま、真理子が言った。

「まさか。その間に、どれだけの子犬が犠牲になるか……一刻も早く、工藤さんを虐待罪で逮捕してもらいます！」

華がきっぱりと断言した。

「口では、なんとでも言えます」

相変わらず、真理子の眼は閉じられたままだった。

「長谷社長、これらの写真はどうやって手に入れたんですか？」

涼也は、タブレットPCのディスプレイを見ながら言った。

「『キング犬舎』の親しくしているスタッフにお小遣いを渡して、撮って貰ったものです」

「渡す相手を、待っていたんですね？」

涼也が言うと、おもむろに真理子が眼を開いた。

「『キング犬舎』に引導を渡す相手が現れるのを」

言いながら、涼也は華に顔を向けた。

「よかったら、この画像データ使ってもいいですよ」

涼也の問いに答えず真理子は、素っ気なく華に言った。

「いいんですか？」

涼也は真理子に顔を戻した。

「お役に立つならどうぞ。でも、出所は明かさないでください。圧力をかけられたら困りますからね」

「その点は、ご安心ください。情報元の秘密厳守は徹底していますから。でも、『キング犬舎』は営業停止になりますから、仕入れられなくなりますよ」

窺うように、華が言った。

「血筋のいい子犬を扱っているブリーダーは、『キング犬舎』だけじゃないので。それより、私が仕入れ先を変えなければならなくなるようにできますか？」

真理子が、挑むような口調で言った。

「約束します！　いまのうちに、新しい取り引き先に当たりをつけておいてください」

華が、自信に満ちた言葉を返した。

「では、画像データを『ワン子の園』に送ります。以前に頂いた名刺のアドレスでよろしいですか？」

真理子が涼也に視線を移し確認した。

「ええ。お願いします」

「では、話は以上です」

真理子は一方的に切り上げると、ソファから立ち上がりオーナールームを出た。

涼也と華もあとに続いた。

客用フロアに出ると、早く帰れとでもいうように真理子がドアを開けた。

「長谷社長、沙友里ちゃんには……」

「いまから、私が話します」

涼也を遮り、真理子が言った。

「長谷社長が？　大丈夫ですか？」

思わず、涼也は訊ねた。

「ご心配なさらずとも、自分に都合のいいように話したりしませんから」

真理子が、事務的に言った。

「そういう意味で言ったのではありません。ご自分の口からは、話しづらいのではないかと思ったんです」

「別に話しづらくありませんよ。私は、なにも疚しいことをしていませんから。あなた方にそうしたように、ありのままの真実を話します」

「わかりました。では、彼女に話したら連絡ください。失礼します」

涼也は頭を下げ、「Dスタイリッシュ」をあとにした。

☆

「今夜は、僕の家に泊って行くだろ？」

プリウスの助手席に座る華に、涼也は訊ねた。

華は無言で、正面をみつめていた。

「華、どうした？」

「え？」

「聞いてなかった？　今夜は遅いから、僕の家に泊るかを訊いたんだよ。明日は遅刻しないように君を職場に送り届けるから」

「あ、ああ……ごめんなさい。そうするわ」

「『キング犬舎』のこと、考えていたの？」

涼也が訊ねると、華が頷いた。

「驚いたよ。子犬達に、あんなことを……」

涼也は唇を噛んだ。

ケージに押し込められ、餌も水も与えられず、死んだら生ごみのように捨てられる……虐げられた子犬達の画像を思い出しただけで、胸が張り裂けそうだった。

だが、どんなに痛もうが、本当に胸が裂けるわけではない。

それに引き換え、子犬達は喧嘩で眼球が潰れ、肉が切り裂かれ、骨が砕けているのだ。

なにもできない無力な自分がもどかしく、腹が立った。

いますぐにでも、「キング犬舎」に乗り込み地獄のような環境で苦しみ喘ぐ子犬達すべてを救い出したかった。

しかし、感情の赴くままに動いても根本的な解決にはならない。

勢いに任せて乗り込み子犬達を保護できても、工藤を捕らえないかぎり同じ地獄が繰り返されるだけだ。

「長谷社長にはあんなふうに言ったけど、いったい、どうするつもりだい？」

「明日の朝、上司に立ち入り検査の許可を貰ってすぐに『キング犬舎』に向かうわ。長谷社長から送られてきた画像を見れば、上もノーとは言わないはずよ」

「立ち入り検査はできても、その先は？　改正された動物愛護法でも、個人の飼い主以外への適用は難しいんだろう？」

涼也は、気になっていることを訊ねた。

「そうね……でも、こうしている間にも子犬達が苦しんでいるのをただ黙って見ていられないわ。子犬達だけでも……」

「工藤を潰さなきゃだめだ」

涼也は車を路肩に停め、冷え冷えとした声音で言った。

「涼ちゃん……」

華が、驚いたような顔で涼也を見た。

あの子犬が、涼也を改心させてくれた。

涼也が追い込み、夜逃げした夫婦に置き去りにされ、衰弱死した黒いラブラドールレトリーバーの子犬が……。

「どうしたの？　そんなこと言うの、涼ちゃんじゃないみたい」

「一週間だけ、待ってくれないか？」

涼也は、華のほうを向いて言った。

「一週間⁉　そんなに待っていたら、子犬達が……」

「さっきも言ったけど、やるなら工藤って男の息の根を完全に止めなきゃだめだ。僕に、任せてくれないか？」

「ねえ、いったい、なにをやるつもり？」

華が、不安げな顔で訊ねてきた。

「なにを聞いても、僕を信じるって約束できるかい？」

涼也は、華をみつめた。

「今日の涼ちゃん、なんだか怖いわ。でも、私は涼ちゃんを信じてる。だって、こんなに動物想いの優しい人なんだもの」

華が微笑んだ。

彼女は知らない。

街金融時代に不良債務者を追い込んでいた非情な自分を……そして、鬼を地獄に連れ戻すには、自らも鬼になる必要があることを。

涼也は眼を閉じ、ペンダントトップを握り締めた。

「ワン子の園」に戻ってこられるように、すべてが終わったら僕を迎えにきてくれ……。

涼也は、黒い子犬に心で願った。

# 12

大久保の雑居ビルの五階――「昭和興信」のプレイトが貼られたドアの前で、涼也は足を止めた。

ここを訪れるのは、もう七、八年ぶりになる。

涼也はインターホンを押した。

『入りな』

スピーカーから、痰（たん）が絡んだような濁声（だみごえ）が流れてきた。

「失礼します」

涼也がドアを開けた瞬間、不快な臭いが鼻孔に忍び込んできた。

霧が立ち込めたような紫煙（しえん）に覆われた五坪ほどの室内――粗大ごみから拾ってきたような応接ソファに座った白髪交じりの初老の女性が、ぽっかりと口を開けて涼也をみつめた。

「お久しぶりです」

涼也はハンカチで鼻を覆いながら、初老の女性……マリーの対面のソファに腰を下ろした。

マリーというのは、ニックネームで本名ではない。

一九七三年に発売され大ヒットした「五番街のマリーへ」という曲が好きで、タイトルから取った名前だと以前に聞いた覚えがあった。

マリーは警戒心の強い女性で、涼也も本名を知らない。

「おやおや、誰かと思ったよ。どうしたんだい？　まったくの別人になっちゃって。昔は狼みたいな鋭い眼をしていたのに、いまはペットの犬っころみたいな優しい眼をしてるじゃないかい。ああ、そう言えば、いまはペットショップを経営してるんだって？」

マリーが短くなった煙草のフィルターに刺した爪楊枝を指先で持ち、使い捨てライターで火をつけた。

昭和初期にタイムスリップしたようなマリーの行動に、涼也は苦笑いした。

「ペットショップではなく、里親を募る保護犬の施設です。それより、そういう倹約家なところ、マリーさんは昔とちっとも変わりませんね」

「節約に昔もいまもあるかい！　いつの時代も、金を残した人間が笑うと決まっているもんさ」

マリーが、紫煙を撒き散らしながら高笑いした。

本人が言っているように、マリーは金の亡者と守銭奴との間に生まれてきたような女だ。出すものは、ゲップさえも惜しむ性格だ。

涼也は、室内に首を巡らせた。

ヤニで黄ばんだ壁紙、切れかかった蛍光灯、壁際を埋め尽くすように設置された書棚、書棚に並ぶ膨大な顧客ファイルの背表紙、応接ソファの横に向かい合わせるように設置されたスチールデスク……事務所内の雰囲気も、涼也の記憶のままだった。

「息子さん達にデータをパソコンで管理させたら、書棚が必要なくなって事務所が広くなりますよ」

涼也は、二台の無人のスチールデスクを見ながら言った。

「昭和興信」は経営者であり母親であるマリーのもと、三十三歳と三十歳の息子……長男の信一と次男の信二が調査員として働いている。

彼らはとても優秀な調査員で、涼也は街金融時代に借金を踏み倒して行方不明になった不良債務者の逃亡先を十人以上突き止めて貰った。

若い頃はマリーも興信所に勤めていたらしく、息子たちの話によれば顧客のリピート率が九十パーセント以上の腕利きの調査員だったそうだ。

「そんな時間を使わせるくらいなら、尾行だよ、尾行！　第一、あんなもん、データが流出したとか乗っ取られたとかって信用できないさ。紙が一番だよ」

背を丸め首を前に出したマリーが、皺々の頬を窄(すぼ)めほとんどフィルターだけになった煙草を吸った。

「アナログ至上主義も、相変わらずですね」

涼也は肩を竦めた。

「そんなことより、わざわざあんたのために用意しといたよ。飲みな」

マリーは恩着せがましく言うと、テーブルの上の缶コーヒーに視線をやった。

「十円缶コーヒーですね。懐かしいな。頂きます」

涼也は微笑み、缶コーヒーを手に取りプルタブを引いた。

マリーの顧客にスーパーの経営者がいるらしく、賞味期限が切れる寸前の缶コーヒーを一本十円で何ダースも仕入れていると自慢していたことがあった。

「胃の中に入りゃなんでも同じさ。それに、いまは十円じゃなく十五円に値上がりしてんだ。ありがたく飲みな」

「ひどい男だね～」

涼也は苦笑いしつつ、缶コーヒーを傾けた。

クリアファイルを手にしたマリーが、吐き捨てるように言った。

「え？」

「工藤って繁殖屋だよ」

マリーが、クリアファイルを涼也の前に置いた。

「窃盗、脅迫、売春……一週間で出るわ、出るわ犯罪のデパートだね。あんたから街金時代に依頼された不良債務者達もクズ揃いだったけど、この男はさらに上を行く外道だ。繁殖屋っていうより、立派な犯罪者だよ」

呆れたように、マリーが言った。

涼也は、備考欄に書かれた報告文を眼で追った。

●茨城、栃木、群馬に十数軒の売春宿を経営
●未成年に相手をさせた客を脅迫して金を強請(ゆす)り取る
●他の犬舎のインターナショナルチャンピオン血統の高価な子犬を組織的に盗み、闇で犬ブローカーに転売

涼也は、息を呑んだ。

叩けばなにか埃が出ると見当をつけて「昭和興信」に工藤の調査を依頼したのだが、まさかこんなに罪を犯しているとは思わなかった。

だが、涼也にとっては嬉しい誤算だ。

工藤が罪を重ねるほどに、涼也には追い風となる。

「信一が売春宿で働いていた十六歳の少女を押さえている。協力すれば客を十人取ったぶんの小遣いをやるってね。彼女は一人につき五千円の実入りだから、五万円の追加料金が必要になるけどどうする？　嫌だったら断ってもいいんだよ。その代わり、少女の証言は

取れなくなるけどさ。因みに、彼女は工藤の店で売春していたことのほかに、客から金を脅し取るための美人局の手先になっていたことも証言すると言っているよ」

マリーはどうでもいいといったふうを装っていたが、内心は違うことを涼也は知っていた。

涼也の過去の経験から推測すれば、少女に渡すのは三万円でマリーが二万円の上前をハネる気に違いない。

「出しますから、証言をお願いします」

涼也は即答した。

工藤に罪を贖わせるためなら、五万円が五十万円になっても出費を厭わない。

「さすが、眼つきは変わっても金離れがいいところは変わらないね〜」

マリーがヤニと茶渋で黄褐色に変色した前歯を剝き出しに笑った。

「もう一つ、信二のほうは窃盗犯を押さえている。工藤に命じられてチャンピオン血統の子犬を盗み出していたうちの一人だよ。男は、別途二十万払えば証言するとさ」

ふたたび、興味のないふうを装うマリー。

「こっちもお願いします。罪状は多いほうが、長く刑務所に入れておけますから」

涼也は、押し殺した声で言った。

児童買春罪、恐喝罪、窃盗罪……三つの罪が立証されれば、仮に工藤が初犯であっても執行猶予なしの実刑は免れないだろう。

捜査が進めば余罪が出てくる可能性も高く、うまくいけば五年は牢屋に繋いでおける。

「そうかい。じゃあ、成功報酬の三十万に追加料金を足した五十五万を振り込んでくれ」

「わかりました」

マリーの息子である調査員の信一と信二の日当が一人五万円ずつで、費やした日数が七日なので七十万円……前金として四十万円は支払い済みなので、残金は三十万円というわけだ。

追加料金が発生したので、「キング犬舎」の工藤の身辺調査にかかった費用は合計九十五万円だ。

「一つ、訊いてもいいかい？」

マリーがフィルターだけになった吸い差しの煙草を灰皿代わりの空き缶に落とし、唾を垂らすとジュッと音がした。

「なんですか？」

「犬屋になったあんたが、どういう経緯でこんな極悪人の悪事を暴くんだい？」

「工藤は、長年に亘り数多くの犬や猫を虐待しています。商売道具としての価値がなくなったら殺して、ゴミのように捨ててしまう。人の道に悖る鬼畜のような男です。そんな男を、野放しにしておくわけにはいきません」

真理子に見せられた無残な子犬達の姿が脳裏に蘇り、涼也は奥歯を嚙み締めた。

「おやおやおや、別人みたいになったのは外見ばかりじゃなくて性格もかい？　街金時代は鬼の取り立て人として名を馳せていた男が、犬ころのために百万近い金を払って極悪人を成敗しようだなんてさ。会わないうちに事故にでも遭って、頭を打ったのかい？」

「犬も人間も命の重さに変わりがないということを、僕も学びました」

涼也は、マリーの瞳をみつめた。

過去の自分の行いを正当化するつもりはなかった。

幼い命と引き換えに自分に良心を取り戻してくれたあのラブラドールレトリーバーの子犬のためにも、これからの人生を一頭でも多くの動物達を救うために尽くすと誓った。

「立派な心掛けなのはいいが、あたしゃやめといたほうがいいと思うがね。せっかく穏やかな犬ころの目になったのに、また、狼の目に戻るつもりかい？」

マリーは言いながら、涼也に出した缶コーヒーを手に取り飲んだ。

「仲間を助けるためなら、犬だって狼のように獰猛(どうもう)になります」

涼也の言葉に、マリーが枯れ枝さながらの皺々の細い手を叩き大笑いした。

「お前さん、いつから犬になったんだい？　まあ、冗談はおいといて、あとで息子たちのほうから連絡させるから証人のやり取りは二人としておくれよ。で、残金はいつ振り込むんだい？」

「戻り次第、すぐに手続きします。ありがとうございました」

涼也はソファから腰を上げ、頭を下げた。

武器は手に入れた。

だが、本当の戦いはこれからだ。

頭を上げた涼也は踵を返し、ドアへと向かった。

☆

「ねえ、涼ちゃん。今日で一週間ね。沙友里ちゃん、大丈夫かしら？」

華が、甲斐犬のリキのトイレシートを交換しながら心配そうに言った。

「尊敬してた女社長さんが売れ残った犬を処分していたなんて知ったら、そりゃあ、ショックっすよ。沙友里さんはああ見えて、繊細っすからね」

トイプードルのモモをブラッシングしていた健太が、話に横入りしてきた。

「あら、私だって社長がそんなことをしていたなんて、先輩と同じでショックです！　でも、私まで引き籠っちゃったら、『ワン子の園』が回らなくなるから気力だけで頑張っているんですよ！」

保護犬達の給水器をチェックしながら、亜美が頬を膨らませ、健太を睨みつけ抗議した。

「怒らない、怒らない。亜美ちゃんが誰よりもナイーブで傷つきやすいことは、俺が一番知ってるからさ」

床をモップがけしていた達郎が、陽気な声で亜美を慰めた。

営業時間後の「ワン子の園」のフロアには、華、達郎、健太、亜美が顔を揃えていた。

この四人が同じ時間帯に顔を揃えた理由は、沙友里だった。

――沙友里ちゃんには、昨日お二人にしたのと同じ内容のお話をしました。いろいろ考えたいことがあるからしばらく休みがほしいと言うので、許可しました。このまま、辞める可能性もあります。まあ、彼女がどういう決断を下したとしても、私には口を出す資格はありません。

「Dスタイリッシュ」で真理子から驚愕の真相を聞いた翌日に、彼女から電話がかかってきた。

沙友里は、真理子と話してから「ワン子の園」にも顔を出さずに連絡も取れなくなった。

携帯電話の電源も切られており、通じなかった。

亜美に案内されて沙友里の自宅にも行ったが、帰っている気配はなかった。

みな、沙友里の安否を気にしているのだ。

「真面目な話、警察に届けたほうがいいんじゃないっすか？　信頼している人に裏切られて思い詰めて……なんてこともありえますからね」

健太が心配そうに言った。

「沙友里さんは、そんな弱い人じゃありません！」

亜美が即座に否定した。

「どうして亜美ちゃんにそんなことがわかる……」

「亜美ちゃんの言う通りだ。動物に無償の愛を注げる沙友里ちゃんが、自らの命を絶ったりしないよ」

涼也は健太を遮り、諭し聴かせた。

「そうだよ。そんな不毛なことをくよくよ考える暇があったら、動物の世話をするような女性さ、沙友理ちゃんは」

達郎が、重々しい空気を振り払うように朗らかに笑った。

「私も、そう思います！」

亜美が嬉しそうに達郎に追従した。

「亜美ちゃんと健太は、もう上がっていいよ」

涼也は、保護犬の世話を続ける二人に言った。

スマートフォンのデジタル時計は、午後八時を過ぎたところだった。

「まだ、手伝うっすよ！　沙友里さんから連絡があるかもしれないし」

「いや、これから私用があるんだ。沙友里ちゃんに連絡が着いたらすぐに知らせるから、君達も彼女と連絡が取れたら教えてくれ」

涼也は、健太と亜美に言った。

これからのことに、二人を巻き込むわけにはいかない。

「了解です！　じゃあ、お疲れ様っす！」

「沙友里さんの家に寄ってみます。では、お先に失礼します」

健太と亜美がフロアから出るのを見計らい、涼也は華と達郎を応接ソファに促した。

彼らには予め、工藤の件で話があると伝えていた。

「工藤を刑務所に放り込める証拠を摑んだ」

涼也は唐突に切り出し、「昭和興信」が調査した報告書のコピーを華と達郎に渡した。

「嘘でしょ……」

「おいおいおい、マジかよ」

華と達郎の顔色が変わった。

「そこにある通り、工藤は犬猫の虐待以外にも刑事事件として立件できそうな罪を重ねている」

「ねえ、涼ちゃん。これ、どうやって調べたの？」

報告書から涼也に視線を移した華が、怪訝そうに訊ねてきた。

「知り合いの興信所に頼んだんだよ」

「どうして、興信所に知り合いなんているの？」

華には、街金融時代のことを詳しく話していなかったので訝しく思うのも無理はない。

「うん、以前の職場で何度か調査を依頼したことがあってね」

「ああ、そう言えば、『ワン子の園』を始める前は金融会社に勤めていたんだったよね。いまの涼ちゃんからイメージ湧かないし、すっかり忘れていたわ」

華が口もとを綻ばせた。

その時代に、涼也が数多の不良債務者を地獄に追い込んだと知ったなら、微笑みは瞬時に消えるだろう。

「もう、昔の話だからね。それより、これからの計画を話しておきたいんだ。まず、工藤の売春宿で働かされ客から金を脅し取っていた未成年の少女と、他の犬舎からチャンピオン血統の子犬を盗み出していた配下の一人を、証人として押さえてある」

「本当か⁉」

達郎が、驚きに眼を見開いた。

「ああ。少しお金はかかったけど、こっちに寝返ってくれた。二人が警察に証言すれば、工藤の逮捕は間違いない」

「買春罪は未成年の少女は裁かれないからわかるとして、子犬を盗んだ配下は自分も罪に問われるのに、よく証言すると約束してくれたな」

達郎が釈然としないのは当然だった。

――子犬を盗むたびに罪の意識に苛まれていたらしく、逆にほっとしていました。どの道、自首を考えていたようです。

信二に受けた説明を、涼也は二人にした。

「追い風が俺達に吹いているってやつだな」

達郎が、ニンマリとした。

「なんだか、心配だな」

対照的に、華が不安げな顔を涼也に向けた。

「なにが不安なの？　悪党を捕らえる材料が揃ったっていうのにさ」

達郎が不思議そうに訊ねた。

「達郎君が言ったみたいに工藤は悪人だから、涼ちゃんに危害を加えないかが不安なのよ。ヤクザとか怖い人達がついているかもしれないでしょ？」

「ああ、そういうことね。こいつは大丈夫だよ」

あっけらかんとした口調で、達郎が言った。

「なんで、そう言い切れるのよ？」

憮然とした表情で、華が達郎に訊ねた。

「だって、こいつは昔そういう輩……」

涼也は、テーブルの下で達郎の爪先を踏んだ。

「昔はそういう輩……の先はなによ⁉」

華が、達郎に詰め寄った。

「いや、その……それはさ、こいつはそういう輩が大嫌いで近寄らなかったんだけど、里親施設の長となったいまは、虐待されている子犬のために恐れず立ち向かうってことを言いたかったんだよ」

しどろもどろながら、達郎がなんとかごまかした。

取り立ての際に、不良債務者がヤクザや右翼を連れてくることは珍しくなかった。

だが、涼也は怯むことなく取り立てた。

一度でも例外を認めたならば、噂はあっという間に広がり踏み倒す客が続出する。

街金の世界には、押しても駄目なら引いてみな、という諺(ことわざ)は通用しない。

引いてしまえば、相手がグイグイと踏み込んでくるだけだ。

「涼ちゃん、とにかく無茶はやめて。立ち入り検査と子犬の保護の許可は上司に取ってあるから、ここまでにしよう。あとは私がやるから」

　華が、諭すように涼也に言った。

「僕を気遣ってくれるのはありがたいけど、それはできない。子犬を保護しても、工藤が捕まらなければ同じことが繰り返される。君も、そう言っていたじゃないか」

「たしかに、そのつもりだったわ。でも、涼ちゃんを危険な目にあわせるわけには……」

「僕を信用してほしい」

　涼也は、華の言葉を遮りみつめた。

「信用しているわ。私は、涼ちゃんの身になにかがあったら心配だから言ってるのよ」

「大丈夫。心配しなくてもいいよ。君が思っているよりは、頼りになる男だよ」

「だけど……」

「華ちゃん、本当に心配ないって。涼也が街金融をやっていたのは知っているだろう？」

　達郎が言うと、華が頷いた。

　涼也は、もう止める気はなかった。

　できれば過去のことは華に知られたくはなかったが、工藤の件を納得させるには仕方がない。

「こいつは街金融時代に、リカオンと呼ばれていたんだよ」

「リカオン？　なにそれ？」

聞きなれない言葉に、華が達郎に訊ね返した。

「リカオンはアフリカのイヌ科の動物で、狩りの成功率は肉食動物一なんだよ。ライオンやチーターの成功率が二、三十パーセントなのにたいして、リカオンの狩りの成功率は驚異の八十パーセントにも上ると言われている。涼也は取り立ての回収率が高かったから、そういう呼称がついた。それだけじゃない。当時のこいつは怖いもの知らずで、相手がアンダーグラウンドの住人でも容赦なく取り立てた。だから、工藤みたいな輩は大好物なんだ」

「おいおい、その言いかたは誤解を招くからやめてくれ」

すかさず、涼也は達郎に抗議した。

「知らなかった……。涼ちゃんに、そういう過去があったなんて」

華が、複雑な色の浮かぶ瞳で涼也をみつめた。

出会いは涼也が「ワン子の園」を始めてからだから、華が知っている涼也は動物想いの男性だ。

「ごめん、隠しているつもりはなかったけど、なんか言い出しづらくてさ」

「別に謝る必要はないよ。たしかにびっくりしたけど、私がつき合っているのはいまの涼ちゃんだから、過去がどうであろうと関係ないわ。それに、そのときやっていたのがたまたまそういう仕事だっただけで、涼ちゃんは全力で仕事に取り組んでいただけ。あなたは、不器用でまっすぐな人だから。そういうところが、好きになった理由だけどね」

華が、はにかみながら微笑んだ。

「おやおや、勘弁してくれよ。のろけなら、二人のときにやってくれ」

達郎が呆れたように肩を竦めて見せた。

「さあ、話を続けよう。明日、まずは動物愛護管理法の虐待罪で犬達を保護する。センターの職員は何人で行くつもり？」

涼也は、華に訊ねた。

「私を含めて三人の予定よ」

「犬の数によっては人手が足りなくなるかもしれないから、そのときは手伝ってあげてくれないか？」

涼也は、達郎に視線を移した。

「わかった。お前はどうするんだ？」

「僕は工藤を押さえるよ。罪状を突きつけ、自首を促す」

「応じなかったら？　というか、一筋縄ではいかない悪党みたいだし、応じない可能性のほうが高いだろう？」

「いま頃、例の興信所の調査員が調査報告書と証人を伴ってZ警察署に工藤を告発しているから、明日には署員が乗り込むはずだよ。僕の役目は、工藤を逃さず署員に引き渡すことだ」

「昔みたいに、サバイバルナイフを懐に忍ばせたほうがいいんじゃないか？」

「え⁉　ナイフ⁉　涼ちゃん、そんなもの絶対だめだよ！」

達郎の冗談を真に受けた華が、血相を変えて言った。

「ほら、お前の悪乗りが過ぎるから華が心配してるじゃないか」

涼也は、達郎を睨みつけた。

もちろん、本気で怒っているわけではない。

達郎が、場の空気を和ませようとそうしているのがわかっているからだ。

「そうなの⁉」

今度は、華が達郎を睨みつけた。

「おおっ、怖っ！　一気に、アウェーになっちゃったよ」

大袈裟に怖がる達郎の背中を、華が平手で叩いた。

身悶えする達郎を横目に、涼也は着信履歴に表示される沙友里の番号をタップした。

オカケニナッタデンワハデンゲンガハイッテイナイカ……

涼也は電話を切り、ふたたび沙友里の番号をタップした。

繰り返されるコンピューター音声――涼也はため息を吐いた。

「出ない？」

華が心配そうに訊ねてきた。

「電源が切られたままだよ」

涼也は、力なく言った。

「もしかして……」

華が、口にしかけた言葉を呑み込んだ。

彼女が言わんとしていることが、涼也にはわかった。

「真理子社長に言い残した通り、考える時間がほしいんだろう。そのうち、ひょっこり顔を出すさ」

涼也は、努めて明るい声で言った。

空元気ではなく、信じていた。

沙友里は、自棄になり命を粗末にするような無責任な女性ではない。

「そうよね。長谷社長だって、子犬達をスタッフに内緒で飼育していたのもブローカーに引き渡していたのも、最悪な状況を回避するための苦肉の策だものね」

「うん。時間はかかるかもしれないけど、沙友里ちゃんならきっと理解してくれるさ」

涼也は、願いを込め自らにも言い聞かせた。

「それにしても、未出荷の子犬を鮨詰めの環境で餌も水もあげずに死なせた挙句、生ゴミみたいに捨てるなんて……工藤って男は鬼畜だな」

達郎が、真理子が盗撮していた「キング犬舎」の子犬達の凄惨な画像を見ながら吐き捨てた。

「絶対に、明日、工藤って男を刑務所にぶち込む！」

唐突に達郎が言いながら、掌を下に向けて右手を伸ばした。

「すべての子犬達を救ってみせるわ！」

華が達郎の手の甲に右手を重ねた。

涼也は無言で華の手に掌を載せ、二人を交互にみつめて力強く頷いた。

# 13

黒い外壁の直方体の建物……Z県の「キング犬舎」の駐車場に、涼也はエルグランドを停車させた。

車内のデジタル時計は、ちょうど午前九時になったところだった。

「さあ、いよいよ出陣だ。昨夜の打ち合わせ通り、華やセンターの人達が犬を保護している間に、僕は工藤代表を説得して自首するように促す。達郎は、センターの方々と一緒に子犬達を運び出すのを手伝ってくれ」

涼也は、助手席の華から後部座席の達郎に視線を移して言った。

涼也は宅配便の配送員を装うために作業着を着ていた。

十数秒遅れで、涼也達の乗るエルグランドの横に二台のハイエースが停車した。

一台にはZ県動物愛護相談センターの男性職員の西田が、もう一台には同じく男性職員の下平が乗っている。

西田は華の後輩で、下平は先輩だった。

「長谷社長には、『キング犬舎』に踏み込むことをさっきメールで伝えておいた。沙友里ちゃんからは、相変わらず連絡がないらしい」

「警察のほうは、何時頃踏み込んでくるのかわからないんだよな？」

達郎が訊ねてきた。

「ああ。でも、今日、家宅捜索するのは間違いないようだ。じゃあ、行こうか」

涼也は、達郎と華に言うとドアを開けた。

三十センチ四方の空の段ボール箱を抱え、車外に出た。

三人が車から降りると、ハイエースに乗っていた西田と下平があとに続いた。

涼也は一人で、「キング犬舎」の建物に向かった。

華、西田、下平、達郎はインターホンのモニターに映らないように四、五メートル離れたところで待機していた。

アルミ製のドアの前で立ち止まり、涼也はインターホンを押した。

『はい？　どちら様ですか？』

スピーカーから、若い男性の声が流れてきた。

「宅配便をお届けにきました！」

涼也は、潑溂とした声で言った。

ほどなくすると解錠の音に続き、ドアが開いた。

顔を覗かせたのは、Tシャツにデニム姿の二十代と思しき青年だった。

「こちらに、サインを頂けますか？」

涼也が差し出したボールペンを握ろうとした青年の手を摑んだ。

視界の端で、達郎、華、西田、下平が駆け寄ってくるのが見えた。

「ちょっと、なにする……」

青年の腕を手前に引き外に出すと、入れ替わりに涼也は建物内に踏み込んだ。

犬達の吠え声の大合唱が、涼也の鼓膜に雪崩れ込んできた。

視界に広がるスクエアな空間──一メートル四方のケージが三面の壁沿いにびっしりと設置されていた。

ざっと見て、十組はあるだろうか。

一組のケージに、二頭ずつの子犬が飼育されていた。

トイプードル、キャバリアキングチャールズスパニエール、シーズー、パグ、フレンチブルドッグ、チワワ、柴犬、ボストンテリア、ミニチュアシュナウザー、ポメラニアン……様々な犬種がいるが、一目で血統がよさそうな姿形だとわかる個体ばかりだった。

毛艶もよく、健康状態も良好そうだ。

「あなた、なんですか⁉」

奥の扉が開き、派手なメイクを施し金髪をお団子にしてピンクのセットアップを着た中年女性が現れた。

金髪女性が扉を開けた瞬間に、別の犬達の吠え声が漏れてきた。

奥のフロアにも、犬はいるようだ。

「てめえ、勝手に入るな……痛てっ……」

涼也に摑みかかろうとしたさっきの青年が、乗り込んできた達郎に右腕を逆手に捻られ顔を歪めた。

「余計なまねをせずにただの使用人でいたほうが、軽い罪で済むんだけどな〜」

達郎が、人を食ったような口調で言った。

「動物愛護相談センターの者です。動物愛護管理法の虐待罪の容疑で通報がありましたので、これより立ち入り検査をします」

華がＩＤカードを掲げつつ、金髪女性の前に歩み出て告げた。

「はぁ⁉ 立ち入り検査⁉ この子犬達が虐待されているように見えるわけ⁉ あんた、眼鏡かけたほうがいいよ」

金髪女性が目尻を吊り上げ吐き捨てた。

若作りしているが、四十は超えていそうだった。

「これは、『キング犬舎』の子犬達ですよね？」

華が、スマートフォンを金髪女性の顔に向けた。

ディスプレイには、真理子から送られてきた子犬達の屍の画像が表示されていた。

「これは……」

金髪女性が、顔を強張らせ絶句した。

「奥の部屋を、確認させて頂きますよ」

「ま……待って！　こんな差出人不明の写真だけで勝手に……」

「信憑性のある通報があった場合、動物愛護管理法により立ち入り検査は認められています」

華は金髪女性を遮り言った。

「そこをどいてください」

西田と下平が、ドアを塞ぐように立つ金髪女性の前に歩み出た。

「いい加減にしないと、警察を……」

「なんの騒ぎだ？」

いきなりドアが開き、白い短パンにアロハシャツ姿の太った中年男性が現れ野太い低音で金髪女性に訊ねた。

百八十センチは超えていそうな長身、アロハシャツのボタンを弾き飛ばしそうな突き出た太鼓腹、剃り上げられた頭……工藤の容貌は、どこから見てもその筋の人間に見える。

だが、街金融時代に多くのヤクザを相手にしてきた涼也の経験から、工藤は本職でないと見当をつけた。

どれだけ風貌がいかつくても言動が悪くても、本物のヤクザは独特の空気を醸し出しているものだ。

「この人達、動物愛護団体の人みたいだけど、ウチが子犬を虐待しているって通報があったみたいで、立ち入り検査をするとか言っているのよ！　ガツン！　と言ってやってよ！」

強力な援軍を得た金髪女性が、急に強気になり工藤に言った。

「ほう、あんたら、動物愛護相談センターの人達か？」

工藤が言いながら、据わった眼で涼也達を見渡した。

華は怯むことなく睨み返していたが、西田と下平は工藤の迫力に気圧され気味だった。

「因みに、僕と彼は付き添いだから」

「あ？　付き添いだと？　愛護団体の奴らはわかるとして、部外者のお前がなんの用だ？　おお？」

涼也が言うと、工藤が凄みを利かせてきた。

「彼は保護犬施設の人で、私達が依頼したんです」

不穏な空気を察した華が、会話に割って入ってきた。

「保護犬屋だと？」

保護犬を小馬鹿にしたような工藤の言い回しが、涼也の不快指数を上げた。

「通報通りに虐待があった場合、犬達を保護しますから彼らが必要なんです」

華が言うと、金髪女性が細い眼を吊り上げた。

「だから、虐待なんかしてないって言ってるじゃないさ！　あんたら、この人がキレない
うちにさっさと帰ったほうがいいよ！」

金髪女性が、華と涼也に手で追い払う仕草をした。

「そうはいきません。通報と写真が送られてきた以上、奥の部屋を見せて……」

「入んな」

華の言葉を遮り、工藤が手招きすると踵を返してドアを開けた。

「ちょっと、あんた！」

金髪女性が驚愕の表情で工藤の腕を摑んだ。

「いいから、お前は黙ってろ！」

工藤が金髪女性の手を振り払い、奥の部屋に入った。

涼也達も、あとに続いた。

表のフロアの子犬達のときとは違うヒステリックな吠え声が、鼓膜を掻き毟った。

「ひどい……」

華が声を漏らした。

表のフロアの半分ほどのスペースには、一メートル四方のケージが十組設置されていた。

ケージの大きさは同じだが、違うのは一組に五、六頭の子犬が詰め込まれていることだ。

詰め込まれている子犬達は、表のフロアの子犬に比べて身体が一回り以上大きく肋骨が浮くほどに痩せており、毛艶も悪かった。

皮膚病で毛が剝げていたり怪我をしている子犬も何頭かいた。

「処分に困っていたから、保護していいぞ。遠慮なく、連れて行ってくれ。あ、そうそう、ついでにこっちも頼むわ」

工藤が壁際に設置された業務用の冷蔵庫の冷凍室の扉を開け、床に次々となにかを放った。

魚の冷凍か？

「いやっ……」

華が悲鳴を上げた。

達郎、西田、下平が顔色を失った。

工藤が床に放り投げていた冷凍物は魚ではなく、五体の子犬の屍だった。

「どこに捨てようか困っていたところだ。ここにいる奴らと一緒に持ち帰ってくれ」

工藤は一方的に言うとセブンスターをくわえ火をつけた。

「こんなことして……こんなことして、ただで済むと思っているわけ⁉　許されると思っているわけ⁉」

怒りに震える声で、華が工藤に詰め寄り煙草を奪うと床に捨てて踏みにじった。

「お姉ちゃん、そんなに怒るなって。もちろん、責任は取るさ。動物愛護管理法ってやつは、業者にたいしてはいままで通りだったよな？　懲役刑に問われる改正動物愛護管理法が業者に適用されるのは二〇二一年の六月からだ。つまり、いま、俺が負わなきゃいけない責任は、器物損壊の代金だ。死体は五頭だから、一頭につき五万として二十五万……」

工藤がヒップポケットから財布を抜き、札束を取り出し数え始めた。

「ほら、器物損壊代だ。持ってけ」

工藤が数え終わった札束を華に差し出した。

「ふ、ふざけるんじゃないわよ！　この子達の命を……そんな汚いお金で買えると思っているの⁉」

華は、札束を差し出す工藤の右手を払い除け怒声を浴びせた。

「まあまあ、そんなこと言わずに受け取って……」

ふたたび札束を差し出そうとする工藤の右手首を、涼也は摑んだ。

「てめえ、なんのつもりだ？」

工藤がドスを利かせた声で言うと、涼也を睨みつけてきた。

「どうしようもない外道だと思っていたが、お前は外道以下のクズだ」

涼也は吐き捨てた。

もし、法律がなければ工藤が人事不省に陥るほど痛めつけてやりたかった。

だが、法治国家でそれをやってしまえば身柄を拘束されて、保護犬達を救えなくなってしまう。

「あ⁉　たかだか保護犬屋のお前が、俺をクズ呼ばわりするのか？　お前如きに、なにができる？　お？」

「安心しろ。保護犬屋が、お前を刑務所にぶち込んでやるよ」

涼也が言うと、束の間の沈黙後、工藤が高笑いした。

「お前が、いったい、どうやって俺を……」

「木下あゆ十六歳が、お前が経営する栃木の売春宿で客を取らされていたこと、その客に淫行で訴えると金を強請り取っていたこと、林和真二十六歳が三年に亘ってお前の指示で五十頭以上のチャンピオン血統の子犬を盗んでいたこと……これらすべてを、警察に告発した。木下あゆと林和真が自首し、洗いざらい証言してくれた」

「な、なんだと……」

涼也の言葉に、工藤が顔色を失った。

「この子達へのひどい仕打ちにたいする罪を償わせることができないのは残念だが……」

涼也は床に転がる凍った子犬の屍をみつめ、奥歯を嚙み締めた。

「お前みたいなひとでなしを、これ以上、のさばらせておくわけにはいかない」

怒りを押し殺した声で、涼也は言った。

握り締めた拳に力が入り過ぎ、掌に爪が食い込んだ。

「警察（サツ）が怖くて、金儲けができるか！　保護犬屋風情が、偉そうな口を利いてんじゃねえぞ！　善人面してるが、一皮剝けばてめえも俺と同じでこいつらで商売してるんだろうが！」

居直った工藤が涼也の腕を振り払い、ケージを蹴りつけた。

中にいたフレンチブルドッグ、パグ、トイプードル、ポメラニアン、シーズーが驚き、身を寄せ合い震えていた。

「この子達をこれ以上、怯えさせるのはやめろ！」

「いいか！　偽善者、よく聞け！　俺は警察（サツ）にゃ捕まらねえ！　金は腐るほどある！　世界は広いっ。警察（サツ）の手の届かない場所は、いくらでもあるんだよ！」

涼也の胸倉を摑もうと伸ばしてきた工藤の丸太のような右腕を摑み、身体を捻り巻き込むようにしながら前傾姿勢になった。

一本背負い――工藤の巨体が背中から床に叩きつけられると、足元から地響きが這い上がった。

「ウチの人になにするんだ！　あんた、大丈夫かい⁉」

金髪女性が、血相を変えて工藤に駆け寄ってきた。

「達郎、彼女を拘束してくれ！　華、この子達の保護を頼む！」

涼也は言いながら激痛に顔を歪める工藤を裏返しにし、用意してきたイミテーションの手錠をヒップポケットから抜くと、後ろ手に捻り上げた両腕をロックした。

達郎は金髪女性の手首に粘着テープを巻きつけ、華は西田と下平とともに衰弱した子犬達の救出作業を始めた。

涼也は達郎から粘着テープを受け取り、工藤の足を簀巻きにした。

「てめえに……なんの権限があってこんなことしやがるんだ！」

芋虫のように身体をくねらせることしかできない工藤が、口惜しそうに言った。

「物言えぬこの子達の代理人として……」

言葉を切った涼也は、右膝を曲げた足を高々と上げ、工藤の後頭部に踵で狙いをつけた。

「お、おい……なにをするつもりだ……やめろ……」

「延髄は急所だからな。警察に引き渡さなければならないから、一発だけにしてやる。死にはしないだろうから安心しろ。運が悪くても、手足の何本かが麻痺するだけだ」

涼也は、冷え冷えとした声で言った。

ハッタリではなかった。

子犬達の恐怖と苦しみを、少しでも思い知らせてやりたかった。

万が一打ちどころが悪くても……。

「た、頼む……お願いだ……やめてくれ……」

宙で止めていた右足の踵を、工藤の後頭部目掛けて勢いよく落とした。

工藤の懇願――無視した。

「だめよ！　涼ちゃん！」

延髄まで僅か二、三センチ――華の絶叫が、寸前のところで涼也の踵を止めた。

「こんな男のために、昔に戻っちゃだめっ。この子達だって……涼ちゃんにそうしてほしいとは望んでいないはずよ！」

華が凍りついた子犬を抱き上げ、涙声で訴えた。

涼也はゆっくりと足を下ろし、長い息を吐いた――崩れ落ちるように膝をつき、マルチーズと思しき屍を抱き上げた。

変わり果てた子犬を抱き締めた。

頬を伝う涙が、凍った子犬に落ちて弾けた。

# エピローグ

午前八時――涼也が現れると、三十坪のフロアに保護犬達の要求吠えが響き渡った。

朝一番にこの子達の吠える声を耳にすると、涼也は安心した。

お腹が減ってご飯を催促するのは、身体が健康な証だからだ。

体調の悪い犬は、朝ご飯の時間になっても要求吠えをするどころか、寝そべったまま起き上がろうとしない。

「ほら、お待たせ～！　新入りさん達、朝ご飯だぞ～」

涼也は、新しく「ワン子の園」の保護犬になったフレンチブルドッグのフーガ、柴犬のケン、ラブラドールレトリーバーのピースのサークルにステンレスボウルを置いた。

ステンレスボウルに顔を突っ込み勢いよくドッグフードを食べ始める三頭の姿に、涼也は眼を細めた。

彼らは十日前に「キング犬舎」から保護した犬達で、三日前に「ワン子の園」に引き取られてきた。

一旦、Z県の「動物愛護相談センター」で保護され、獣医師の健康診断を受けてから大きな疾患がみられなかった四頭を「ワン子の園」で受け入れることにしたのだ。

けている。

華達が保護した犬は四十七頭で半数以上は病気や栄養失調で衰弱し、獣医師の治療を受けている。

今月中に「ワン子の園」の二頭の保護犬が里親に貰われて行く予定なので、サークルが空き次第新たに二頭をZ県のセンターから引き取る予定だった。

「元気になりましたね！　あなた達、よかったね～、ウチにくることができて」

亜美がサークルの前に屈み、新入り達に語りかけた。

「本当だよ！　ここは、名前通り犬の楽園だから。それにしても、所長、ひどいっすよ！　俺に内緒で悪党退治に行くなんて！　華さんと二人ならまだわかりますけど、達郎さんに声をかけるなら俺も連れて行ってくださいよ」

亜美の隣に屈んだ健太が、涼也を恨めしそうな顔で見上げた。

「達郎は高校時代からの付き合いだから危険な現場にも連れて行けたけど、親御さんから預かっている君達はそういうわけにはいかない。わかってくれ」

「俺だって所長の戦友だと思ってるのに、それはないっすよ～」

健太が半泣き顔で言った。

工藤は涼也が取り押さえてからおよそ一時間後に、逮捕状を手に乗り込んできた複数の警察官に連行された。

いま工藤は留置場に拘留されているが、起訴され有罪になるのは間違いない。

残された金髪女性……工藤の妻は「キング犬舎」を維持しようとしていたが、華がリークした情報番組と週刊誌に売れ残った犬にたいしての残忍な虐待を大々的に報じられ非難の的となった。

経営者が刑事事件で逮捕され、妻が虐待罪で叩かれたいま、「キング犬舎」の存続は不可能になり事実上の廃業に追い込まれた。

「工藤は百八十センチ超え、百キロ超えのプロレスラーみたいな大男だったから、お前が行ってたら多分、ちびってたぞ」

フーガ、ケン、ピースの食べ終えたステンレスボウルを下げながら、達郎が茶化すように言った。

三頭とも食欲旺盛で、保護した当時よりふっくらとして毛艶も見違えるようによくなった。

「なに言ってるんすか！　この子達を守るためなら俺も心を鬼にして……」

「あ～あ、私も、所長の一本背負い見たかったな～」

健太の言い訳に被せるように、亜美が大声で言った。

「いやいや、亜美ちゃんは見なくてよかったんじゃないかな」

「どうしてですか？　私だって、所長が仮面ライダーみたいに悪党を倒しているところを見たかったですよ～」

「百キロデブくらい、俺だって高速ハイキック一撃で……」

「涼也のあんな姿を見たら、亜美ちゃん惚れちゃうからさ」

達郎が健太を遮るように、悪戯っぽい顔で言った。

「おいおい、悪乗りはそのへんにしてくれ」

涼也は、ため息を吐いた。

「そんな、私、沙友里さんを裏切るような……」

亜美が、はっとした顔で唇に手を当てた。

「え？　沙友里さんを裏切るって、どういうこと⁉」

健太が、訝し気に訊ねた。

「あ……いえ、だから、違うんです」

しどろもどろに、亜美が言った。

「え？　なにが違うの？」

健太が質問を重ねた。

「お前は鈍いな〜。沙友里ちゃんは、涼也のことが好きなんだよ」

達郎が、ニヤつきながら言った。

「おい、達郎、いい加減に……」

「えーっ！　そうなんですかー⁉」

涼也の言葉を、健太の大声が掻き消した。

「ち、違いますよ！　そんなわけ、ないじゃないですか！」

顔を朱に染めた亜美が、ムキになって否定した。

「だったら、なんで達郎さんがそんなことを言うんだよ⁉　達郎さんが、嘘を吐いているっていうのか？」

健太が亜美を問い詰めた。

涼也は、達郎の腕を肘で小突いた。

「冗談だよ、冗談。お前、本気にしたのか？」

達郎が、からかうように健太に言った。

「マジっすか⁉　もう、本気にしちゃったじゃないっすか〜って、そんなことより沙友里さん、本当にどうしちゃったんですかね？」

健太が、一転して不安げな表情になった。

「もう二週間以上経つのに……家にも帰っていないし、携帯の電源も切られたままだし……さすがに、心配になってきました。実家のご両親に話そうと思ったんですけど、逆に心配させるんじゃないかと思って言い出せなくて……」

亜美がうなだれた。

「華がもうすぐセンターから四頭目のシーズーを連れてくるから、受け入れが終わったら僕が沙友里ちゃんの実家に事情を話しに行くよ。もしかしたらご両親には連絡が行っているかもしれないし、行ってないなら警察に捜索願いを出すべきかどうかを相談してくるから」

涼也は、健太と亜美を交互に見ながら言った。

「さあさあ、お通夜みたいに暗い顔をしてるとこの子達に伝染するから、スマイル！　スマイル！　とりあえず、シーズーちゃんの名前をみなで考えよう。俺はテレビ局に勤めてるから業界っぽく、ズーシーちゃんってのはどうだ？」

ムードメーカーらしく、達郎が場の空気を明るくした。

「なんすかそれ⁉　寿司をシースーって逆さにしたのと同じじゃないっすか？」

「達郎さん、いまは昭和じゃなくて令和ですよ？」

健太と亜美に、笑顔が戻った。

「ありがとうな」

涼也は達郎の耳元で囁いた。

「言葉はいらないから、ザギンのシースーを奢ってくれよ」

達郎が、道化を演じ続けた。

「お前って奴は……」

「ただいま到着しましたー！」

涼也の声を遮るようにドアが開き、華が現れた。

「あれ、シーズーちゃんは？」

達郎が、華に訊ねた。

「いまくるから」

華が、笑いを嚙み殺しながら言った。

「いまくるって……」

達郎が華の肩越し……玄関に視線を移し、言葉の続きを吞み込んだ。

「あっ！」

「え！」

健太と亜美が申し合わせたように驚愕の声を上げた。

驚いたのは、涼也も同じだった。

「駐車場に車を入れたときに、建物の前をうろうろしている女性がいたのよ。だから、シーズーちゃんを抱かせて、無理矢理手伝って貰っちゃった」

華が笑顔で言った。

「所長、達郎さん、亜美、健太君……心配させてごめんなさい。いろいろ考えたくて、一人旅していたんです」

華の背後に佇む女性……シーズーを抱いた沙友里が、涙声で言いながら頭を下げた。

「沙友里ちゃん、ズーシーの頭に血が昇るから顔を上げて」

「ズーシーって……この子のことですか?」

達郎が言うと、顔を上げた沙友里が訊ねた。

「テレビ業界っぽいだろ?」

達郎がウインクすると、沙友里の口元が綻んだ。

「沙友里さん、会いたかったー!」

「心配したんすよ!」

亜美と健太が沙友里に駆け寄った。

「本当に、ごめんね」

沙友里が泣き笑いの表情で、シーズーを健太に渡すと亜美を抱き締めた。

亜美の頭を撫でながら、沙友里が涼也に視線を移した。


また、家族になってもいいですか?


彼女の心の声に、涼也は笑顔で頷いた。

沙友里の瞳から、みるみる涙が溢れ出した。

お手柄だったね。

涼也は華に顔を向け、微笑んだ。

華が得意げな顔で、伸ばした右の前腕を左手で叩いて見せた。

涼也はペンダントロケットを握り締め、デスクの上のフォトスタンドに視線を移した。

ありがとう。これからも、この子達のことを見守ってね。

フォトスタンドの中――黒いラブラドールレトリーバーの子犬の力強い吠え声が聞こえたような気がした。

『168時間の奇跡』二〇二一年二月 中央公論新社刊

中公文庫

# 168時間の奇跡

2023年 4 月25日　初版発行

著　者　新堂冬樹

発行者　安部順一

発行所　中央公論新社
〒100-8152　東京都千代田区大手町1-7-1
電話　販売 03-5299-1730　編集 03-5299-1890
URL https://www.chuko.co.jp/

DTP　嵐下英治
印　刷　大日本印刷
製　本　大日本印刷


Published by CHUOKORON-SHINSHA, INC.
Printed in Japan　ISBN978-4-12-207358-6 C1193

## 中公文庫既刊より

各書目の下段の数字はISBNコードです。978－4－12が省略してあります。

し-43-3
**血** 新堂 冬樹
死んだほうがいい人って、こんなにいるんだよ――十五年の時を経て漆黒の闇から這い出る赤い悪魔の正体とは…。高校一年生の少女の行く先々で起こる不審死と殺人事件!!
206832-2

し-43-4
**少年は死になさい…美しく** 新堂 冬樹
警視庁×猟奇殺人者×鬼畜少年――今もまた人体を切り刻み、中学生だった23年前を上回る最高の「芸術作品」を創り上げる。それが人生の到達点だった…。
207096-7

し-43-5
**ホームズ四世** 新堂 冬樹
手にシャンパン、胸に推理十訓――ホームズの曽孫は歌舞伎町ナンバーワン・ホストで相棒はワトスンの血を引く美少女⁉「呪いの宝石」争奪戦の果ては？
207189-6

あ-58-7
**ダイエット物語……ただし猫** 新井 素子
夫・正彦さんと愛猫。二人のダイエットに奮闘する陽子さんを描く表題作他二篇、文庫オリジナル「リバウンド物語」、夫婦対談「素子さんの野望」を付す。
206763-9

う-9-5
**ノラや** 内田 百閒
ある日行方知れずになった野良猫の子ノラと居つきながらも病死したクルツ。二匹の愛猫にまつわる愛情と機知とに満ちた連作14篇。〈解説〉平山三郎
202784-8

か-86-1
**老後の資金がありません** 垣谷 美雨
老後は安泰のはずだったのに！　家族の結婚、葬儀、失職……ふりかかる金難に篤子の奮闘は報われるのか？　〝フツーの主婦〟が頑張る家計応援小説。
206557-4

か-86-2
**夫の墓には入りません** 垣谷 美雨
ある晩、夫が急死。これで〝嫁卒業〟と思いきや、介護・墓問題・夫の愛人に悩まされる日々が始まった。救世主は姻族関係終了届⁉　心励ます人生逆転小説。
206687-8

き-30-16
二人の親を見送って
岸本葉子
老いの途上で、親の死は必ず訪れる。介護や看取りを経て、カラダとココロの構えは変わる。生と死や人と自然のつながりを優しくみつめ直す感動のエッセイ。
206706-6

き-30-17
捨てきらなくてもいいじゃない？
岸本葉子
思い切ってモノ減らし！でも捨てられない？心と体の変化によりモノに向き合い、ポスト・ミニマリズムの立場から持ちつつも小さく暮らせるスタイルを提案。
206797-4

き-30-18
生と死をめぐる断想
岸本葉子
がんから生還したエッセイストが、治療や瞑想の経験や仏教・神道・心理学を渉猟、生老病死や時間と存在について辿り着いた境地を語る。
206973-2

き-30-19
50代からしたくなるコト、なくていいモノ
岸本葉子
両親を見送り、少しのゆとりを手に入れた一方で、無理はきかないのが五〇代。自分らしく柔軟に年を重ねるヒント満載の、シニアへ向かう世代を応援するエッセイ。
207043-1

き-30-20
楽しみ上手は老い上手
岸本葉子
心や体の変化にとまどいつつも、今からできることをみつけたい。時間と気持ちにゆとりができたなら、新たな出会いや意外な発見？　期待も高まります！
207198-8

く-20-1
猫
クラフト・エヴィング商會
井伏鱒二／谷崎潤一郎他
猫と暮らし、猫を愛した作家たちが思い思いに綴った珠玉の短篇集が、半世紀ぶりに生まれかわる。ゆったり流れる時間のなかで、人と動物のふれあいが浮かび上がる、贅沢な一冊。
205228-4

く-20-2
犬
クラフト・エヴィング商會
川端康成／幸田文他
ときに人に寄り添い、あるときは深い印象を残して通り過ぎていった名犬、番犬、野良犬たち。彼らと出会い、心動かされた作家たちの幻の随筆集。
205244-4

こ-30-1
奇食珍食
小泉武夫
蚊の目玉のスープ、カミキリムシの幼虫、ヒルのソーセージ、昆虫も爬虫類・両生類も紙も灰も食べつくす、世界各地の珍奇でしかも理にかなった食の生態。
202088-7

各書目の下段の数字はISBNコードです。978－4－12が省略してあります。

こ-30-3
酒肴奇譚（しゅこうきたん） 語部醸児之酒肴譚（かたりべじょうじのしゅこうたん）
小泉武夫
酒の申し子「諸白醸児」を名乗る醸造学の第一人者で、東京農大の痛快教授が〝語部〟となって繰りひろげる酒にまつわる正真正銘の、とっておき珍談奇談。
202968-2

こ-30-5
灰と日本人
小泉武夫
発火、料理、消毒、肥料、発酵、製紙、染料、陶芸等、道具や材料だった必需品について食生活、社会、風俗、宗教、芸術に分け入り科学と神秘性を解き明かす。
206708-0

せ-1-6
寂聴 般若心経 生きるとは
瀬戸内寂聴
仏の教えを二六六文字に凝縮した「般若心経」の神髄を自らの半生と重ね合せて説き明かし、生きてゆく心の拠り所をやさしく語りかける、最良の仏教入門。
201843-3

せ-1-8
寂聴 観音経 愛とは
瀬戸内寂聴
日本人の心に深く親しまれている観音さま。人生の悩みと苦難を全て救って下さると説く観音経を、自らの人生体験に重ねた易しい語りかけで解説する。
202084-9

た-15-10
富士日記（上） 新版
武田百合子
夫・武田泰淳と過ごした富士山麓での十三年間を克明に描いた日記文学の白眉。昭和三十九年七月から四十一年九月分を収録。〈巻末エッセイ〉大岡昇平
206737-0

た-15-11
富士日記（中） 新版
武田百合子
愛犬の死、湖上花火、大岡昇平夫妻との交流。昭和四十一年十月から四十四年六月の日記を収録する。田村俊子賞受賞作。〈巻末エッセイ〉しまおまほ
206746-2

た-15-12
富士日記（下） 新版
武田百合子
季節のうつろい、そして夫の病。山荘でともに過ごした最後の日々を綴る。昭和四十四年七月から五十一年九月までを収めた最終巻。〈巻末エッセイ〉武田花
206754-7

た-15-13
絵葉書のように
武田百合子
武田花 編
単行本未収録エッセイ集『あの頃』から、夫・武田泰淳や友人たちとの思い出、街歩き、旅、食べ物などについて綴ったエッセイ五十四編を厳選し、収録する。
207341-8

た-15-5
日日雑記
武田百合子
天性の無垢な芸術者が、身辺の出来事や日日の想いを、時には繊細な感性で、時には大胆な発想で、心の赴くままに綴ったエッセイ集。〈解説〉巖谷國士
202796-1

た-15-9
新版 犬が星見た ロシア旅行
武田百合子
夫・武田泰淳とその友人、竹内好との旅を、天真爛漫な目で綴った旅行記。読売文学賞受賞作。竹内好の随筆「交友四十年」を収録した新版。〈解説〉阿部公彦
206651-9

た-80-1
犬の足あと 猫のひげ
武田花
天気のいい日は撮影旅行に。出かけた先ででくわした奇妙な出来事、好きな風景、そして思い出すことどもを自在に綴る撮影日記。写真二十余点も収録。
205285-7

て-11-1
架空の犬と嘘をつく猫
寺地はるな
羽猫家は、みんな「嘘つき」である——。これは、破綻した嘘をつき続けたある家族の素敵な物語。寺地はるなの人気作、遂に文庫化！〈解説〉彩瀬まる
207006-6

は-66-4
息の限りに遠吠えを
萩耿介
時は一九世紀。一匹の犬が目にしたのは、同じ種族同士で争い、他の種族をも滅ぼそうとする動物——人間。歴史の奔流の中で、彼が見つけた小さな希望とは。
206662-5

ふ-49-1
猫がかわいくなかったら
藤谷治
定年まで四年。妻と静かに老いていくだけと考えていた吉岡だったが、近所の老夫婦が入院し、その飼い猫を巡り騒動に巻き込まれる。〈解説〉瀧井朝世
206701-1

ほ-12-15
猫の散歩道
保坂和志
鎌倉で過ごした子ども時代、猫にお正月はあるのか、新入社員の困惑……小説のエッセンスがちりばめられた88篇。海辺の陽光がふりそそぐエッセイ集。
206128-6

ほ-20-2
猫ミス！
新井素子／秋吉理香子
芦沢央／小松エメル
恒川光太郎／菅野雪虫
長岡弘樹／そにしけんじ
気まぐれでミステリアスな〈相棒〉をめぐる豪華執筆陣による全八篇——バラエティ豊かな猫種と人の物語を収録した文庫オリジナルアンソロジー。
206463-8

各書目の下段の数字はISBNコードです。978－4－12が省略してあります。

ま-49-1
川の光
松浦寿輝
平和な川辺の暮らしは突然失われた。安住の地を求め、旅に出たチッチとタータを襲う試練、思いがけない出会い……小さなネズミ一家の大きな冒険譚！
206582-6

ま-49-2
月の光　川の光外伝
松浦寿輝
今日もどこかで彼らが、にぎやかなドラマを繰り広げている！　個性豊かな「川の光」の仲間が大活躍する、仕掛けに満ちた短篇集。『川の光 外伝』を改題。
206598-7

ま-49-3
タミーを救え！（上）川の光2
松浦寿輝
みんなの人気者ゴールデン・レトリーバーのタミーが、悪徳業者にさらわれた！　救出のため、大小七匹の仲間が、迷宮都市・東京を横断する旅へ乗り出す。
206616-8

ま-49-4
タミーを救え！（下）川の光2
松浦寿輝
スクランブル交差点でバラバラになってしまった救出チーム。謎の「タワー」を目指し必死の旅を続ける七匹が、再び集結し、タミーを見つけ出す日は来るか？
206617-5

む-4-10
犬の人生
マーク・ストランド
村上春樹訳
「僕は以前は犬だったんだよ」……とことんオフビートで限りなく繊細。村上春樹が見出した、アメリカ現代詩界を代表する詩人の異色の処女〈小説集〉。
203928-5

よ-25-2
ハチ公の最後の恋人
吉本ばなな
祖母の予言通りに、インドから来た青年ハチと出会った私は、彼の「最後の恋人」になった……。約束された至高の恋。求め合う魂の邂逅を描く愛の物語。
203207-1

よ-39-6
レインコートを着た犬
吉田篤弘
〈月舟シネマ〉の看板犬ジャンゴは、「犬だって笑いたい」と密かに期している。小さな映画館と、十字路に立つ食堂を舞台に繰り広げられる雨と希望の物語。
206587-1

く-15-2
ドイツの犬はなぜ幸せか　犬の権利、人の義務
グレーフェ彧子（あやこ）
「犬と子供はドイツ人に育てさせろ」というほど、犬の飼い方に関して飼い主に厳しい義務が課せられている動物愛護先進国からのユニークなレポート。
203700-7